SORTIE DE ROUTE

Louisa Reid est lectrice, autrice et professeure de lettres. Elle adore partager son amour de la lecture et de l'écriture avec ses élèves. Elle habite avec sa famille dans la région de Manchester, en Angleterre. Elle est l'autrice du roman *Riposte*, traduit par Clémentine Beauvais, et paru aux éditions Bayard en 2022.

Ouvrage initialement publié en 2020 en langue anglaise
par Guppy Books, sous le titre : *Wrecked*

18 rue Barbès, 92128 Montrouge Cedex
ISBN : 979-1-0363-3036-0
Dépôt légal : octobre 2024
Première édition

Loi n° 49-956 du 16 juillet 1949 sur les publications destinées à la jeunesse.

SORTIE DE ROUTE

Louisa Reid

TRADUIT PAR **CLÉMENTINE BEAUVAIS**

bayard

PREMIÈRE PARTIE

AUJOURD'HUI

BOX

Incarcéré

Un corps serré. Le mien. Dans le box.

Sans issue.

No exit.

VEUILLEZ VOUS LEVER POUR ACCUEILLIR

les jurés
puis le juge.

Il y a des *chuts*.
Je voudrais percer l'épais silence
d'un coup d'aiguille,
et pendant qu'il éclate,
m'échapper.

Tête en avant,
bras béliers,
m'élancer défoncer ces murs
comme si mon corps était d'acier
comme si je ne pouvais pas tomber.

Je déploierais
mes ailes immenses
gouterais l'air aspirerais
le ciel

Sauf qu'en réalité je suis – coincé –
col de chemise rigide comme une corde de pendu
nouveau costard boutonné jusqu'en haut ;
la vérité en camisole en force.

ACCUSATION

« Joseph Goodenough,

Vous êtes accusé
D'avoir causé
Aux petites heures du
Premier
Janvier

Deux mille dix neuf
La Mort
De Stephanie White.

À cette accusation d'
Homicide Routier
Causé par une Conduite à Risques

Que plaidez-vous ? »

STOP

Souffle coupé,
quasi courbé en deux –

C'est rien mais ça suffit pour me ramener
là-bas – encore une fois,
cette nuit-là, sombre noire,
cette route-là, sombre noire,
avec Imogen, Imogen
à mes côtés.

Et je ferme les yeux
pour ne rien voir
    mais
        une lumière
            se précipite vers nous

                elle jaillit d'un recoin de nuit
                    nous fonce
                        droit

dessus
pleins
feux
pleins
phares
elle nous
saute
au
visage
et nous on
file
droit
sur
elle

comment ça s'arrête
comment on freine ?

non
pas moyen
de s'échapper

de si petites secondes
une si grosse voiture
et le volant qui tourne pas

qui est lourd qui est lent
qui répond pas

toujours elle fonce sur nous à
pleine vitesse
coups de Klaxon
appels de phares
bordel
pitié

STOP

IMOGEN

NON

LA MORT

Pas Imogen, pas moi
mais elle
la femme dans l'autre voiture.

J'ai remonté la route, titubant
vers l'épave
et j'ai vu

un corps

(plus ou moins)

et un gouffre griffu
à la place de la carrosserie.

J'ai observé
les os blanchâtres.

J'ai vu la peau
rouge étirée

en un cri silencieux

Le torse tordu.
Le visage que la vitre avait réduit en
M i e t t e s

J'ai hurlé.

Elle n'a pas bougé.

Sa longue natte blonde
scalpée.

Achevée.

AURORE

Allongé sur mon lit les fois où je m'extirpe
des quelques minutes de sommeil
que j'arrive parfois à grappiller,
c'est presque pas là, tout ça,
j'en serais presque à oublier de me souvenir.
Et puis,
avant même que mes paupières laissent entrer la lumière
le cadavre me réveille comme une gifle.

Elle est toujours en blanc,
son sang rougeoie et gicle,
gouttes, rigoles, ruisseaux,
le long de ses vêtements.

Alors je cours à la salle de bains
et je vomis dans le lavabo,
vomis rien –

ventre vide –
seulement des convulsions
de culpabilité.

QUE PLAIDEZ-VOUS ?

Ils attendent.

Pourquoi j'arrive pas à le dire ?
Il faut que je réponde,
et j'ouvre la bouche comme j'ai fait ce matin,
répété devant le miroir, devant maman.

Non coupable, je répondais au miroir,
allant pêcher les mots profond,
comme des poissons
qui luttent, qui fouettent,
                                        au bout d'une ligne.

J'essaie une nouvelle fois –
j'ouvre la bouche, j'inspire,

mais   les   sons   se   coincent
dans   ma   g o r g e
pas possible de les faire sortir.

« N »
fait le premier son
et puis le reste se précipite,
« *Non coupable* », je dis,
mais personne n'est dupe,
même pas moi.

Parce que moi je suis encore là-bas
bloqué
dans ce passé, dans ce coup monté,
dans ce box,
pétrifié de honte.

VÉRITÉ (I)

Ça devrait pas être si dur de dire la vérité –
crache le morceau allez
(comme me demandaient mes profs
quand j'arrivais pas à sortir un mot).

Le petit Joe bégayait, le grand Joe tout pareil,
surtout quand il s'agit de donner un sens à l'insensé.

Parce que – me demandez pas pourquoi – la vérité
ça glisse, ça ruse, ça slalome –
comme la voiture cette nuit-là –
la vérité elle est toute graisseuse de mensonges.

La vérité elle est pulvérisée comme le verre sur la route
que je retrouve dans mes cheveux, dans mes rêves, dans
mes vêtements. C'est une bouche béante déchirée, c'est une
langue
qui pend
sur le côté.

La vérité c'est se cacher, c'est avoir peur, c'est être faible.

Vous comprenez, ça fait tellement longtemps que j'attends de pouvoir

m'exprimer.

AUTREFOIS, EN TROISIÈME,

IL Y A TRÈS TRÈS LONGTEMPS

Imogen s'est mise à côté de moi.

« Hé », elle m'a dit,
« Joe, je peux voir tes notes de cours ? »
La langue entre les dents
elle a recopié chaque mot –
et puis mes devoirs aussi –
et m'a rendu mon cahier avec un sourire.

« Merci, chaton », elle a dit
et j'ai respiré son parfum
à la menthe à la rose
et à autre chose.

Imogen était dans ma classe,
elle était nouvelle,
sous les feux de la rampe, ça la dérangeait pas,
chaque fois qu'un prof lui demandait son nom
son accent londonien
sonnait plus bourge que le mien.
Elle rigolait, elle s'en fichait

quand d'autres se moquaient d'elle, la traitaient
de *snob* –
elle remettait ses cheveux en place,
« Pardon ? » elle répondait.
« T'es qui pour me dire ça ? »

Ce jour-là elle s'est remise à côté de moi à la cantine,
« Hey, Joe », elle a dit avant de choper une de mes frites,
en se penchant au-dessus de moi pour parler à Ryan Wall
qui était le gardien de mon équipe.
J'ai failli lui donner tout mon plateau,
failli lui dire vas-y, sers-toi, termine,
au lieu de ça j'ai rougi
et mon visage en feu
me donnait tellement chaud
que j'ai même pas pu lever les yeux
pour croiser son regard.
Je me suis barré dehors
dans une trainée de flammes.

Après ça j'ai fait tous les efforts du monde
pour tout comprendre
avant même que le prof
n'ait le temps de nous apprendre.

J'ai lu des livres
genre des vrais livres,
le prof-doc souriait en me voyant débarquer avant
la sonnerie le matin
quand il n'y avait personne autour pour se moquer,
je me calais dans un coin
j'engloutissais
des milliers de mots

psycho physique philo
mille putain de poèmes
d'histoires
de tragédies
de comédies
fallait que je devienne expert
au cas où elle aurait besoin
que je lui explique
un truc inexplicable –

par exemple, pourquoi j'arrivais pas à lui parler
de mes sentiments pour elle.

Il y avait forcément un mot pour ça –
un terme scientifique
qui explique la manière
dont ma langue faisait
un triple nœud –
comme les lacets de mes chaussures de foot –
et mes mots
s'effilochaient et s'effritaient,
du coup j'étais coincé,
impossible de les lui offrir
bien emballés
avec un joli ruban dessus.

DONC JE ME RETROUVE

super fort en biologie
en géographie, en maths et en anglais aussi,
premier de la classe.

Tout ça parce que
j'ai bien révisé le tracé
particulièrement parfait des veines d'Imogen
le long de ses bras,
de la douce peau de son cou,
de ses côtes,
de son dos, de son corps,
tellement de fois
que je pourrais
en dessiner la carte de mémoire,
la changer en sonnet,
compter chacun des battements de son cœur
jusqu'au dernier.

POPULAIRE

Moi je flambais
et Imogen c'était l'allumette
qui m'avait enflammé –
je la savais si proche, je la sentais si loin,
je me demandais si elle viendrait me reparler un jour –
j'entendais résonner dans tous les couloirs
les chansons qu'elle chantait d'un cours à l'autre.

Elle était petite.
Elle était féroce.
Elle marchait tête haute,
d'une allure chaloupée.

Long rideau de cheveux

que le soleil chauffait.
C'était alchimique –
tout s'illuminait –
quand Imogen se baladait,
le bâtiment se teintait d'or.

Imogen portait tout le temps des écouteurs
et semblait se moquer éperdument
d'être la seule à danser.
Je regardais les autres filles
la regarder,
et puis revenir le lendemain
avec le même chignon fou,
s'agglutiner autour d'elle à la cantine,
lui demander comment c'était là-bas dans le sud,
à Londres,
si elle avait déjà aperçu
la reine.

Je me disais que si je tombais amoureux d'une fille un jour,
ce serait peut-être celle-là que je choisirais.
Mais jusque-là j'étais content avec mes potes, avec ma vie
bien réglée, comme un moteur qu'on vient de réviser.

S'il fallait que je me décrive, je dirais que je suis
pas trop mal physiquement, assez timide.
(Ma mère affirme qu'elle serait prête à tuer
pour avoir des cils comme ça, elle m'appelait Bambi,
ça me faisait grimper dans ma chambre, les joues
brulantes.)

Les filles j'y connaissais pas grand-chose,
le foot ça me suffisait,

j'étais dans l'équipe des moins de 16 ans du quartier,
et j'avais mes potes, les copains,
Danny qui était en défense,
et Naz et Saif et Jack.

Nos grands-pères ont construit cette ville
longtemps avant notre naissance
et nos pères travaillaient ensemble,
dehors, par tous les temps.
On savait ce que c'était d'être dur,
d'être fort ;
notre seule mission
c'était de grandir dans la bonne direction.

Moi je me regardais dans la glace, torse nu,
et j'attendais qu'un homme surgisse.

BONNE

« T'es en train de mater quoi, là ? » a dit Annie,
voisine, amie depuis toujours
(nos mères se sont rencontrées
à la maternité,
on est nés quasiment
au même moment,
pas un mois,
pas une minute
de différence, non :
quelques secondes seulement).
« T'es pas sur elle, quand même ?
Bordel, t'es tellement prévisible, Joe,

c'est ça le deal avec ta nouvelle coupe
de chanteur de boys' band ? »
Elle m'a ébouriffé les cheveux –
alors que j'avais convaincu ma mère de les coiffer comme ça –
j'ai dit *putain*, j'ai tenté de les remettre bien.
« Eh ben, Joe »,
Annie a remué la tête,
« c'est du sérieux, apparemment ».

LITTÉRATURE

« Alors, qui voudrait jouer Juliette ? » a demandé la prof.
Et Imogen a levé la main direct.

Personne d'autre.
J'ai fait une grimace à Dan.

« Et maintenant il nous faut un Roméo »,
a dit la prof en souriant, et tous les mecs
se sont tassés sur leur chaise.

Moi j'ai jeté un coup d'œil par la fenêtre,
je me suis balancé en arrière,
erreur fatale.

Parce que la chaise qui bascule
avec moi dessus, quasiment jusqu'au sol,
c'était un coup à ce que la prof décide

que j'étais le choix idéal.

ÇA N'A AUCUN SENS

Des oxymores à t'en faire trébucher la langue,
cet amour tapageur à la pesante légèreté,
je me ridiculisais,

les autres profs savaient bien qu'il ne fallait jamais
me faire lire à voix haute, c'était pas juste,
j'allais bégayer, balbutier,
noyade sèche, comme toujours.

La prof m'a laissé bafouiller
et Imogen s'est montrée très patiente,
petit sourire, pas moqueur,
en attendant que je finisse de torturer
la tragédie de ce bon vieux Shakespeare.

UN SONNET POUR DEUX

Imogen a posé sa paume contre ma paume :
« Allez », a dit la prof, « Joe, maintenant, toi tu
tombes amoureux. Tu n'es pas encore mort, tu sais ?
Réveille-toi. Il faut qu'on croie à ton amour. »

La classe rugissait, surexcitée. Et moi,
j'ai lu mes vers, et Imogen s'est rapprochée,
et j'ai perdu les mots, et j'ai perdu la tête,
quelque part à mi-chemin entre *tombe* et *péché*.

Danny a crié : « Bouh ! » Imogen a souri,
et m'a soufflé les mots que je n'avais pas dits.
Puis c'était le moment. La salle étincelait
quand elle a déposé sa bouche sur la mienne.

« Dites donc, on vous dérange pas ? » a dit la prof.
Et on s'est séparés. Et tout a commencé.

SCANDALE

La classe n'était que sifflements ululements
et mon visage une explosion brulante
et mes joues de la lave fondue.

J'ai reculé,
j'ai salué,
j'ai tenté de cacher ce qui était
partout
dedans
battait
sang qui
et le
baiser
de ce
à cause
caleçon
dans mon
rigide

Putain, j'espérais juste qu'elle n'avait rien remarqué.

Imogen a souri, est repartie nonchalante
d'une pirouette vers sa table,
comme si c'était toujours comme ça
qu'elle commençait la semaine.

QUAND TES MOTS

sont jamais au niveau,
t'apprends à accepter que t'y arriveras pas,
et à garder le silence.

Mais quand je suis sur le terrain,
en plein match,
à viser le prochain but,
je suis le plus rapide,
                    je m'élève
                                        dans le ciel
                                                    les pieds ailés,
je vole de monde en monde
et je manœuvre, je manipule
                                                l'ennemi,
oui,
ça,
je sais
faire.

J'allais jouer chaque semaine,
pour l'adrénaline, pour les buts,
pour l'extase de la victoire.
Je savais qu'il n'y avait rien de mieux au monde.

Jusqu'au jour où, peu après ce baiser,
Imogen est venue regarder un match.

« ELLE T'AIME BIEN »,

disait Dan, et moi je gardais les yeux rivés
sur le ballon, concentré
sur mes pieds, tacle,
dribble, pense au match,

mais il y avait un sourire dans mon ventre,
dans ma gorge, dans mes yeux.

Dan m'a poussé du coude.
« Vas-y, demande-lui. »

Il avait peut-être raison,
si ça se trouve elle m'aimait,
si ça se trouve c'était
le moment.

L'année où Imogen est arrivée
tout ce que je croyais connaitre
a éclaté, même le ciel
n'avait jamais été si bleu,
l'herbe me léchait les pieds,
langue chaude, haletante,
quand je courais sur le terrain
pour aller chercher le but
cet après-midi-là.

COMMENT ?

Ce soir-là j'aurais bien voulu demander à mon père
comment faire,
mais je savais qu'il rigolerait, qu'il blaguerait,
et Maman, les lèvres pincées, elle dirait juste :
« Personne n'est digne de toi, mon Joe. »

Les gens croyaient que j'étais
le genre de mec
qui sait parler aux filles,
que j'avais trouvé ma voix, que j'avais pas du tout peur
de me taper la honte.

Lundi matin, juste avant la sonnerie,
Dan m'a poussé d'un coup.

J'ai presque atterri sur les genoux d'Imogen.

« Ça te dit si   on sort   ensemble ? »
et c'était pas du tout comme ça
que je voulais lui demander,
en fait c'était exactement
ce que je voulais éviter :
les mots d'un môme
qui n'a jamais embrassé personne.

Et c'était le cas, d'ailleurs.

Mais c'est les mots qui sont sortis tout seuls.

PREMIER DATE

Au bout du compte j'ai décidé
que ce serait une bonne idée
d'aller faire du patin à glace.
Et quand j'ai proposé,
elle a souri, fait oui oui de la tête,
elle a dit j'adore ça, je sais super bien faire.
(Moi non, aucune idée,
mais j'ai fait de mon mieux.)
Et même si elle avait un tout petit peu exagéré,
même si elle avait tendance à se rabattre
sur les bords de la patinoire
quand elle prenait un peu trop de
vitesse,
elle m'a rattrapé plein de fois quand je vacillais.
C'était une bonne excuse pour lui prendre la main,
et ça la gênait pas que je la garde dans la mienne ensuite.

À TES SOUHAITS

Après notre premier rendez-vous
(et franchement, au final, c'était très cool –
j'ai été surpris de voir que je me débrouillais bien,
j'arrivais à la faire tourner, tourner,
jusqu'à en avoir le vertige, virevoltant,
accrochés l'un à l'autre, à rigoler comme des idiots),
j'ai cru que j'avais attrapé froid.
Je toussais, j'éternuais, j'avais un peu de fièvre,
Maman m'a même fait rater les cours.

(Mais en vrai, Imogen, c'est de toi que j'étais malade.)

DEUXIÈME DATE

C'était une fête chez Imogen –
sa mère n'était pas là –
personne à la maison,
personne à des kilomètres à la ronde,
personne pour nous entendre nous défouler.

Je me suis coupé avec le rasoir de Papa,
tu la sens la brulure de l'après-rasage,
et avec tout l'argent de mon anniversaire
je m'étais acheté un nouveau jean.

« Fais attention, mon fils », m'a dit Papa
en se garant devant
la baraque imposante,
le regard braqué sur l'allée
de gros gravier, flanquée d'arbres immenses.

FUN

Quelqu'un avait apporté de la bière.
Quelqu'un avait apporté de la beuh –
j'ai pas aimé les sensations,

poumons en feu,
la pièce transformée
en vortex de visages.

Imogen bougeait tellement bien,
elle rayonnait,
la musique pulsait dans tout son corps.

Mais moi je dansotais,
trop mal à l'aise,
les bras ballants comme de grosses branches.

Je suis sorti dehors avec Dan
dans un jardin où des lumières bleues
nous faisaient des clins d'œil,
et on a regardé les autres qui titubaient,
bourrés,

qui se marraient de voir
quelqu'un vomir.

Un peu plus tard on s'est jetés dans sa piscine,
mes vêtements gonflaient à la surface, ballons lourdauds.

Et puis je l'ai trouvée, sous l'eau, en apnée,
les cheveux en éventail, une sirène
en robe à paillettes.

PROCHAINE ÉTAPE

« Alors je suis ta copine ou quoi ? »
a dit Imogen avec un sourire,
en cognant son épaule contre la mienne
alors qu'on trainait après les cours.

Je donnais des petits coups de pied contre le bord du trottoir,
j'ai réussi à extirper un oui de quelque part,
je savais que mes joues devaient être rouges,
je l'ai invitée chez moi pour le diner.

Maman nous a interdit de monter dans ma chambre,
et c'était malaisant de rester en bas,
Papa dans son fauteuil avec son gros sourire,
et nous à faire semblant de regarder la télé
avec nos petites assiettes sur les genoux.

« On y va », j'ai dit en engloutissant mes haricots,
et on est partis en courant, en rigolant, le long de la rue,

on a échoué au parc, on a fait de la balançoire debout,

le métal tressautait et sursautait et puis je m'envolais,

de tout là-haut comme un oiseau
je voyais les toits de la ville,
j'aurais pu goûter le ciel
du bout de la langue,
sans parachute, sans filet, pas besoin :

quand je sautais de là-haut,
l'espace d'un instant
il me poussait des ailes.

CHUTE

Les oiseaux volaient,
les nuages glissaient,

et le ciel était bleu.
Et notre ville était le centre
du monde, l'univers gravitait
autour d'une tête d'épingle piquée ici.

« C'est quoi ta couleur préférée ?
Et ton film préféré ? Et ton livre préféré ?
Tu préfèrerais vivre où comme capitale ? »
Je sortais des réponses au pif
et je souriais de l'entendre dire –
« Ah oui ! Paris, c'est clair !
Le bleu ? Mais moi aussi ! »
Je me demandais comment elle faisait
pour déjà
me connaitre.

LE TEMPS

passait lentement quand elle n'était pas là,
et je tapotais ma montre
sans comprendre pourquoi
les aiguilles
n'avançaient pas.
Je trainais dans ma chambre
(qui paraissait trop petite –
les murs avaient l'air de se rapprocher,
mon corps tirait, grattait et grandissait)
jusqu'à ce que Maman me hurle de sortir,
et m'envoie quelque part bruler cette énergie
qui me rongeait de l'intérieur.

Mais j'avais beau pédaler à fond,
mon sang me faisait mal,

et tout ce qui me venait à l'esprit,

c'était la voix d'Imogen
les lèvres d'Imogen
les yeux d'Imogen

et puis surtout sa peau
contre la mienne.

AUJOURD'HUI

J'AI ENCORE L'IMPRESSION D'ÊTRE UN GAMIN

un petit garçon
bien trop jeune pour tout ça.
Je me sens tout nu,
trop nul,
pendant la plaidoirie des avocats.

L'accusation prend la parole
et nous entraine
dans le dédale
des droits
et des délits
de l'affaire en question.

(Mais moi je suis tout seul, un criminel,
pas de copine à mes côtés
pour me prendre la main,
pour m'ancrer,
me sauver,
me serrer très fort dans ses bras.
Je suis ici tout seul,
et je sais de quoi ça a l'air :
c'est moi le type qui est un tueur.
C'est moi Joe le salaud.)

ÇA COMMENCE

L'avocat de l'accusation
sait très bien accuser.
Aucun doute là-dessus.

Ses mots tombent lourd comme des pierres
forment un mur indestructible immense
et sur chaque pierre il grave le nom d'un de mes crimes

J'aurais jamais pensé que ça ferait si mal
d'être résumé à ça,
de l'entendre raconter que c'est clair et net
qu'on ne devrait pas me laisser en liberté.

Il a peut-être raison –
c'est peut-être un mec brillant,
qui se laisse pas mener en bateau
par mon nouveau costume, mes chaussures vernies,

toutes ces conneries.

Si ça se trouve il a accès
directement à mes pensées,
il sait que je rêve de sang
et de mort toutes les nuits.

J'imagine qu'il a l'habitude des criminels.

Pour lui je ne suis qu'un visage,
un corps d'un mètre quatre-vingt-cinq,
un petit gars qui sait pas sourire,
une racaille qui se croit au-dessus des lois.

Bien sûr qu'il sait tout ça,
et donc il sait qu'il est grand temps
que la justice fasse son office
et que j'admette mon crime.

« Joseph Goodenough, par un excès de vitesse,
A tué une personne –
Et la famille de sa victime mérite
De le savoir enfin puni.

Il s'agit de faire passer
Un message clair :
Les jeunes hommes dangereux
Paient toujours pour leurs crimes.

Il est temps d'inspecter les éléments à charge. »
Et le voilà qui fait un grand geste du bras,
une sorte de révérence théâtrale
pour s'attirer les faveurs du jury.

Il en a plein, des témoins,
il en a plein, des éléments à charge,
il va tout déballer d'emblée,
rien ne sera passé sous silence.

« Mesdames et messieurs les jurés, il est de votre devoir
De prendre votre temps, d'écouter attentivement,
D'être certains de la justesse de votre verdict :
Il s'agit, après tout, de la mort d'une femme. »

Il va tout leur raconter –
le plus révélateur : que je n'ai rien nié ;
les preuves, à ne plus savoir qu'en faire,
que j'ai menti, beaucoup.

On entendra des témoignages, des attestations
qui dévoileront la vérité,
des voix s'élèveront

comme la voix dans ma tête,

celle qui dit :
« C'est ta faute, Joe. »
Celle qui sait.

« NON »

me crie mon père de très très loin.
« Accroche-toi, défends-toi, raconte-leur.
Laisse pas tomber, Joe, sois un homme,

ta mère a besoin de toi – fais tout ce qui est en ton pouvoir.

Sois patient.
Attends.
Ton heure viendra.

Laisse pas tomber, Joe.
Mon fils, on croit en toi. »

ET ÇA COMMENCE

Le premier témoin de l'accusation
monte à la barre. Il est en uniforme,
mais pas beaucoup plus vieux que moi –

je l'ai déjà vu, les jours de match,
dans les tribunes, soutenir notre équipe.
Un soir je lui ai même payé une bière
au pub, quand je venais d'avoir dix-huit ans.

Et il était sympa, franchement,
la nuit de l'accident,
presque gentil avec moi.
C'est le flic
qui m'a arrêté,
sans me menotter,
sans me toucher,

il m'a juste lu mes droits, c'est tout.

IL DIT

que j'ai avoué, en effet.

(le cerveau en vrac)

il est sûr que j'ai avoué,
que j'ai hoché la tête.

« Monsieur Blythe,
Êtes-vous absolument certain
Que l'homme dont nous parlons,
Joseph Goodenough,
Est celui que vous avez vu
Cette nuit tragique,
Qu'il était là sous la pluie
Auprès de Mme Stephanie White
Et qu'il a admis que c'était sa faute ? »

(Aucun souvenir de ça.
Juste ce corps dans la voiture
cassé
              ensanglanté
et quelque part

très loin,

Imogen   qui hurlait.)

                                        « Oui, c'est exact, comme je l'ai dit
                                        c'était Joseph
                                        c'était lui.

Il savait ce qu'il avait fait,
et il était sous le choc, très
sincèrement.
Je l'ai raccompagné jusqu'à son
véhicule,
je lui ai lu ses droits
et il a hoché la tête,
il était calme,
il s'est pas débattu ni rien. »

BODYCAM

On regarde la vidéo
de mon arrestation –
j'ai pas envie,
mais j'ai pas le choix.

« Vous pouvez garder le silence. »
(J'ai rien à dire,
de toute façon,
enfin, rien qui puisse faire cesser tout ça.)
« Mais cela pourrait nuire à votre défense »
(les lèvres de l'agent de police remuent –
l'agent
qui se penche sur moi
à l'arrière de la voiture de police
dans laquelle j'ai aucun souvenir d'être monté,
l'agent qui a l'air de croire
qu'il faudrait que je passe
aux aveux).
« Si vous ne mentionnez pas, en réponse à une question »,
(par pitié, ne me forcez pas à mentir)

« un élément que vous mentionnerez ensuite lors
du procès... »
(ni à dire la vérité –
dans les deux cas je suis perdu)
« Tout ce que vous direz »
(pardon, pardon, pardon, c'est tout)
« pourra servir de preuve ».

JE NE LE CONNAIS PAS,

le Joe de la vidéo,
ce Joe d'il y a des mois,

c'est pas le même mec que moi.

J'avais l'air frêle,
à ce moment-là, et terrifié.

Harcelé par le vent,
la pluie, le froid,
j'ai fait tout ce qu'on m'a demandé.

Dans la voiture de police
le dos vouté, je tremble,
je pleure, je sanglote.

Et le policier ne me passe pas les menottes
quand j'admets que c'est ma faute.

Nos voix grésillent mais c'est bien moi, pas de doute.
Je contemple l'écran. Je n'aime pas ce que je vois.

« Est-ce que vous comprenez ce que je viens de lire, monsieur ? »
Je hoche la tête et je sanglote et je baisse la tête
et je réponds
« Ou   i. »

« Est-ce que vous vous rendez compte de ce que vous avez fait,
que vous avez tué une femme,
vous comprenez ? La conductrice de l'autre voiture,
elle est morte. »

Je hoche à nouveau la tête
et soudain
je pousse un hurlement
qui déchire le tribunal. Et ce bruit

me force à me boucher les oreilles, à fermer les yeux.

CHEZ MOI

On aurait dû rester chez moi le soir du réveillon, on aurait jamais dû

prendre ces rues inconnues
ces routes pleines de virages, et ces allées,
aller là où j'étais jamais allé
on aurait dû rester chez moi, auprès des miens.

Chacun des battements de mon cœur
me souffle le chemin vers la maison

je le sens juste là
l'aiguille de la boussole
comme glissée sous ma peau.
Et chaque pulsation me ramène chez moi,
chez ma mère et mon père,
à la maison qui est comme nimbée d'or
depuis le sol jusqu'au plafond,
à la maison qui résonne d'amour,
dans les pas de mes parents,
dans la paume de leurs mains.

MA MÈRE

est là tout près de moi,
et savoir ça, ça m'aide à garder le dos droit.

Elle est les racines et les bourgeons,
elle est la bouture et la treille.

Triste pilier sur lequel je m'appuie
même si maintenant je déborde

de ses bras.

CONTRE-INTERROGATOIRE

Mes avocats s'efforcent
de le faire flancher,
mais son histoire, il y tient, le flic,

il en démordra pas, de cette merde-là.

« Monsieur Blythe,
Êtes-vous absolument certain
Que quand Joseph a été arrêté
Il savait exactement pour quelles raisons ? »

« Oui, il l'a avoué,
Oui, il l'a dit.
Oui, c'était moi qui conduisais.
Oui, j'avoue.
Vous l'avez vu sur la vidéo.
On l'entend clairement.
Et non, il n'a subi aucune pression.
Ces aveux n'ont pas été extorqués.
Tout s'est déroulé selon les règles.
Je suis coupable, il a dit. »

« Et la jeune femme qui l'accompagnait,
Imogen Harris,
Qui était là aussi quand Joe a avoué.
Est-ce qu'elle aussi a été arrêtée ? »

« Non, mais on a pris son taux d'alcoolémie.
Et Joe avait avoué déjà.
Imogen était prise en charge par les médecins.
Son état était préoccupant. »

LES JURÉS

gardent le silence, évidemment.
Ils se penchent pour mieux voir,

entre les mots du flic,
la tête de ce monstre
qui conduisait comme un malade
dans la nuit noire, ce type capable
de tuer une autre personne,
de risquer la vie de tant d'autres,
capable d'avouer
et puis de changer d'avis –
ce type qui comme par hasard
se met à tortiller en pensant à son crime
pile poil quand la prison se profile
et qu'il a pas envie de faire son temps.

CAGE

J'entends déjà les portes se refermer,
claquements métalliques des lourds verrous
juste derrière mon dos.

J'entends déjà les chaines, les clefs qui cliquètent,
les dents de métal chantant
leur chanson de morsure.

Les loquets crissent en se refermant,
ça tourne, ça coulisse,
ça grince – et puis c'est tout.

Pas moyen de ressortir
                                        une fois que tu y es –
game over, Joe, c'est terminé,
                                        il est temps de payer pour tes péchés.

DANS NOTRE QUARTIER

c'est pas dur de tomber sur quelqu'un
qui a déjà fait de la taule.
Drogue, GHB,
cambriolage,
arme blanche,

ou je ne sais quelle connerie encore.

« Quoi que vous fassiez,
finissez pas au trou »,
nous a dit l'ancien détenu qui est venu nous parler
au collège en troisième.
Ses mots sont restés longtemps dans ma tête
comme un ver dans la terre,
ils m'ont suivi, ils se sont installés
dans je ne sais quel méandre de mon cerveau.

Comme les mots de mon père, dont le regard se faisait
métallique,
quand il me demandait

de toujours rester du bon côté.

EMPREINTES

Mes empreintes ont été relevées partout,
évidemment.
Pourquoi, mais pourquoi j'ai pris cette voiture ?

L'avocat tente de faire dire à l'expert
que les faits sont
indiscutables.

Il a mesuré les traces de pneus
sur les routes
verglacées.

Il a fait les calculs,
qui disent tous la même chose :
beaucoup trop vite.

À cette vitesse normalement tu décolles.

On aurait dû prendre notre envol,
s'échapper dans les airs, bye bye,
le monde serait resté derrière, hors de danger.

Et on aurait atterri où ?
Près du soleil, si ça se trouve ?
Les étoiles nous auraient peut-être avalés.
On aurait pu tout annuler.

Il lit les données de l'accident :

« Vitesse du véhicule :
160 km/h.

Moteur :
110 000 révolutions par minute. »

Il nous embobine
avec ses chiffres

et puis il passe abruptement des chiffres
aux faits :

« Par de telles conditions
Et sur une route comme celle-là,
Il est recommandé de ne pas dépasser
50 km/h.

Les données nous indiquent
Que le véhicule a aquaplané,
Faisant perdre le contrôle au conducteur,
Ce qui n'est guère étonnant
Étant donné l'état de la route. »

« D'après votre expertise,
Le conducteur,
Joseph Goodenough,
Conduisait-il avec suffisamment de précaution ? »

La réponse est tout simple :

« Non. »

CHOSES BRISÉES

Limite de vitesse
Cœ urs

Pro messes
Lo is

il y a
des
morceaux

de nous
partout
partout

poussières au vent
verre pulvérisé
vies éclatées

EN ÊTES-VOUS CERTAIN ?

Mon avocate prend le relais, et demande
s'il existe une seule expertise qui pourrait
garantir au-delà de tout doute raisonnable que cette nuit-là
c'était moi qui conduisais.
« Existe-t-il des photographies ?
Des vidéos ?
De l'ADN qui incriminerait Joe Goodenough
À l'exception de toute autre personne, qui prouverait
Sa présence au volant, à ce moment précis ? »

« On a relevé ses empreintes sur le volant,
sur la poignée de la porte,
son ADN dans les fibres des housses.
Les échantillons de sang indiquent
qu'il était dans le véhicule au moment
de l'accident.
La voiture n'avait pas de caméra embarquée,
mais l'expertise confirme,
presque indubitablement,
que c'est Joe Goodenough, en effet,
qui était au volant. »

Difficile de contester une telle
expertise.

Si Imogen était dans la salle,
je lui demanderais ce qu'elle en pense.

Parce qu'elle sait, elle, comment
laisser des marques, comment tracer
des cicatrices sur un cœur.

Je demanderais au soi-disant expert
ce qu'il pense des indices

qu'Imogen a laissés partout
sur moi.

Elle est dans mon esprit,
à ce moment précis,
trop près, ses os soudés aux miens,
comme elle l'était cette nuit-là
il y a des mois et des mois.

À L'ÉPOQUE – ANNÉE DE TROISIÈME

FÉLICITATIONS

Le coach m'a nommé capitaine.

J'ai couru prévenir Imogen,
mais elle ne disait rien, elle a chopé son sac.

« Qu'est-ce qui va pas ? »
« Rien, enfin
c'est cool pour toi, voilà. »

Je lui ai écrit un peu plus tard
parce qu'elle n'avait pas appelé
et ne m'avait pas attendu à la sortie.

« J'ai fait un truc qu'il fallait pas ? »
Elle n'a rien dit, mais son agacement
était si évident
que je l'entendais au bout du fil.
J'ai senti que j'avais
mal agi,
et que j'avais intérêt à me racheter.

SA MEILLEURE AMIE

Kiran m'a dit,
« Écoute, Joe, Imogen elle a juste pas confiance,
elle pense que tu regardes les autres meufs,

alors faut que tu te bouges un peu
pour lui montrer ce que tu ressens.
Fais un effort, quoi. »

J'ai pas vraiment compris
ce que je pouvais faire pour lui prouver.
Moi je croyais qu'elle savait.

SAINT-VALENTIN

Je lui ai acheté une carte et un nounours,
une rose en plastique qui faisait de la musique,
ça me faisait marrer.

Elle les a fourrés dans son sac, sa bouche a tressauté –
j'ai vu que c'était pas le sourire qu'il fallait.
« Tu voulais quoi ?
Un truc plus romantique ? » j'ai demandé.
« Un putain de poème ? Non merci. »
Elle a fait une sorte de rire.

Elle aurait voulu un flash mob,
une rivière de roses.
Une preuve en béton,
chiffrée
en likes sur Instagram
ou prix sur l'étiquette
que j'étais sérieux, que je lui mentais pas.

Mais comment j'aurais pu savoir ?

Elle, elle m'avait acheté une chaine,
en or massif.
Je l'ai soupesée dans ma paume.

Elle me l'a attachée autour du cou.

On ne s'est pas parlé
de toute la semaine
et quand Maman m'a demandé pourquoi, je lui ai raconté.

Je me suis dit qu'elle m'aiderait à comprendre.

Les lèvres de Maman se sont raidies.

« C'est juste une pimbêche pourrie gâtée.
Si j'étais toi, je perdrais pas mon temps. »

LE PARDON

est venu sans trop tarder, et quand Imogen m'a pris la main,
s'est assise sur mes genoux,
à califourchon,
j'ai pas pu résister à son baiser.

On a parlé tard ce soir-là,
on a planifié jusqu'où on irait –

J'ai dit,
« Tu es belle, Imogen. »

« Ça va, arrête de te foutre de moi »,

elle a dit en se regardant dans la glace,
en se tripotant la face,
en s'arrachant les cheveux si fort que j'avais mal pour elle.

J'ai essayé de lui dire d'autres choses
mais je crois qu'elle n'entendait rien,
pas un seul mot.

RÉSONANCES

Les parents d'Imogen se disputaient. Fort.
Elle aimait pas le bruit
des trucs qui se cassaient,
et des cris qui duraient jusqu'au bout de la nuit.

Ils étaient divorcés, pourtant,
mais son père débarquait,
et tout partait en vrille – il adorait
transformer la maison en champ de bataille,
s'incruster
dans le salon
en buvant du vin rouge, monter le son
du journal télé.

« C'est moi qui paie les factures », il hurlait,
« c'est chez moi ici ! »
Et sa mère allait se cacher
ou se remplir un verre.

Un soir, on est restés main dans la main
sur le lit d'Imogen, à sursauter
dès qu'une porte claquait en bas,
ou que les pas de son père faisaient trembler le parquet.

On a entendu sa mère pousser un glapissement,
et leurs voix comme des lances
ont crevé le plafond et traversé la chambre.

Chez Imogen, on se déplaçait
sur la pointe des pieds, histoire que leur douleur
ne vienne pas nous poignarder.

On a réussi à sortir de là,
on a couru jusqu'à chez moi, sous la pluie,
un déluge qui faisait penser à la mer,

on a nagé jusqu'à chez moi.
« Hey, Im », j'ai dit, « ça va ? »
Mais elle flottait loin, très loin.

SEXE

« Tu sais que les mecs y pensent 34 fois par jour ? »
a dit Imogen
qui lisait ça sur son téléphone,
allongée sur mon lit.

Oh là, bien plus que ça,
multiplie au moins par trois, j'ai pensé.

On s'est écrit ce soir-là,
« Alors – ce sera pour quand ? » j'ai demandé.
« De quoi ? » elle a répondu
avec un smiley mort de rire.

Le lendemain à la pause
je lui ai pris la main,
je l'ai attirée sous la pluie.

Tout trempé
je lui ai léché le visage,
les lèvres, la bouche.

On s'est embrassés
et puis,

« Bientôt », elle a dit.

LES AUTRES FILLES

« T'as été avec qui avant ? »
elle a voulu savoir,
tout en entortillant ma balançoire,
au parc où on se posait
après le lycée,
et elle tordait les chaines bien serré
pour que je tourbillonne dans tous les sens
quand elle me lâcherait.

Mon premier crush c'était Suzy,
mais j'avais genre onze ans.

J'aimais bien le fait qu'elle souriait tout le temps
et qu'elle me donnait toujours de ses chips.

Mon deuxième crush c'était Amy –
ma voisine de paillasse quand j'étais en cinquième –
un jour elle me frôle la main sans faire exprès
j'ai tout le corps qui tremble
on réussit notre précipité
je me dis on est fait pour être ensemble.

Quand Imogen m'a dit
« Oui mais donc t'es puceau ? »
j'ai failli lui mentir, lui dire que non,
mais là elle m'a lâché,
a applaudi, poussé des cris,
alors que je vrillais dans tous les sens,
alors que je perdais le contrôle.

DATE

bon alors on dit samedi ?
mais t'oublies pas les capotes, OK
message d'Imogen
avec des rangées de points d'exclamation
de cœurs qui dansent
et une photo d'elle
avec pas grand-chose sur le corps :
juste une culotte
et un soutif.

JOURS SOMBRES

Cette semaine-là
Papa a fait une chute au boulot.
D'abord j'ai cru que c'était rien,
un vertige,
une perte d'équilibre.

C'était bien pire que ça, au bout du compte.

Tout a changé, comme ça arrive parfois,
en un clin d'œil, le soubresaut
d'une planète qui change d'orbite,
un tressautement d'univers, une gravité nouvelle,
les dieux qui te rappellent que les mecs comme moi
finissent par se faire bruler par le soleil.

Qu'il était lugubre ce samedi de mars,
sombre, plein de neige glacée
qui voulait dire pas de match.

Mes parents ont attendu avant de me révéler
qu'il n'irait jamais mieux,
que le corps de mon père
était en train de se retourner contre lui
alors qu'il était même pas encore vieux.

Je voulais voir personne.

« Je vais rester ici »,
j'ai dit à Maman,
qui a remué la tête
et a répondu « Non ».

J'ai trainassé dans le couloir,
des larmes au fond de la gorge.

« Il faut qu'on continue à vivre normalement.
Sors, Joe. Amuse-toi,
allez. Tout ira bien. »

Peut-être que Maman voulait juste se débarrasser de moi
pour pouvoir discuter avec Papa
discrètement
sans que je puisse
les écouter.
C'est devenu épuisant, au bout d'un moment,
de chuchoter,
d'essayer de sourire,
alors que je voulais juste pleurer.

J'aurais voulu demander
Il lui reste combien de temps ?
Mais j'ai pas osé –
c'est injuste comme question,
le genre de question qui
prend pas de gants,
et mon père avait pas besoin de ça.

J'ai récupéré mes affaires,
Maman m'a déposé
et je me suis retrouvé dans le salon d'Imogen
à dire
pas grand-chose.

MALAISE

La mère d'Immie aimait bien mon sourire, ma taille, mes cheveux,
elle me trouvait mignon.
« T'as déniché le prince charmant »,
elle disait à Im,
et ça me faisait rougir.
« Ce beau gosse – un vrai tombeur,
hein, Joe ? »
Je haussais les épaules,
« Euh, je sais pas... »

Ce soir-là elle nous a laissé de l'argent
pour une pizza, un truc comme ça,
et puis sourire éclair, nuée de parfum mielleux,
et elle s'est volatilisée avec son mec.

« Qu'est-ce qui va pas ?
Tu te sens bien, Joe ?
T'es stressé ou quoi ? »

Imogen a souri, m'a pris la main,
sa main était petite par rapport à la mienne,
vernis à ongles d'un rose nacré,
une fanfare de bracelets au poignet.

Je me suis écarté.

Je me sentais immense à côté d'elle,
Maman m'avait bien dit que j'avais grandi,
elle m'avait mesuré contre la porte,

selon elle je ferais 1 m 80 avant d'avoir seize ans,
avec mes bras géants, mes jambes interminables.
« Ce grand dadais », s'était marré Papa
depuis son fauteuil.

« Ta mère sort toute la nuit,
c'est ça ? »
Imogen a hoché la tête.
« Oui, mais Stefan est là.
Maman croit qu'il nous surveille,
mais il en a rien à foutre.
Tout se passera bien, flippe pas. »
Elle souriait.
J'ai pris une grande inspiration.
J'avais envie de taper sur quelque chose,
l'air me semblait étroit, tendu.
J'aurais pas dû être là,
à déconner avec Immie,
à attendre qu'elle m'embrasse.
« Allez, Joe,
j'en peux plus,
toute cette attente, ça me tue. »
Elle m'a poussé du doigt.
« On monte. »
Je l'ai suivie,
on s'est écroulés sur son lit,
mais j'avais pas envie de l'embrasser, plutôt de pleurer,
j'ai posé mon bras sur mes yeux
pour mieux piéger mes larmes.

« J'ai une mauvaise nouvelle », j'ai commencé.
L'air nonchalant, elle est allée mettre de la musique,
regarder un truc sur son téléphone –

elle rigolait, ses pouces pianotaient
à toute vitesse pour répondre à un message,
et puis
elle a retiré son haut, m'a grimpé dessus,
elle s'est penchée pour m'embrasser,
je l'ai repoussée.

J'étais pas sûr qu'elle m'ait entendu.

On est restés là à regarder le plafond   l'un à côté de l'autre
                    à prendre froid,
le silence enflait   et mon cœur ralentissait.

Je me suis levé, j'ai remis mon manteau,
ignorant ses appels,
« Attends, reviens, Joe, attends, s'il te plait ».
J'ai dévalé les escaliers,
sauté les cinq dernières marches,
mis ma capuche, et je suis rentré
chez moi.

AMIS

Avant, on s'amusait, on arrivait toujours à dénicher
des arcs-en-ciel au cœur des terrains vagues.

Le lendemain quand Dan m'a écrit pour me dire
Passe me voir, Joe
J'ai pris mon vélo
et je suis allé le retrouver,
en faisant des roues arrière sur la route gelée.

Annie est venue aussi, et tous les trois
on a fait du popcorn, on a regardé des films,
on s'est défoulés.
Ça allait mieux.
J'ai éteint mon téléphone.

ANNIE

« Il se passe quoi, alors »,
elle a demandé
quand Dan était aux toilettes,
« avec ton père ?
Ma mère a dit qu'il allait pas bien ».
« Oui, il est malade,
ils pensent que ça va pas s'améliorer. »
J'avais les yeux baissés,
les épaules raides,
je me contrôlais.
« Oh, Joe,
oh, non,
je suis désolée. »
Et puis elle m'a serré
fort dans ses bras.

Je me suis mis à pleurer –
c'était pas prévu
c'était juste trop gentil.

« Pardon », j'ai dit.
« Mec, sérieux. »

Et puis Dan est revenu
et je me suis dégagé.

« Waouh, c'est quoi le deal,
j'ai raté quelque chose ?
Je croyais que tu baisais Imogen,
on en est où ? »

« Qu'est-ce que ça peut te foutre ? »
Je me suis reculé
en m'essuyant les yeux.
J'ai vidé mon verre,
enfin ce qu'il en restait,
secoué la tête.

« OK, pigé...
Bon, ben bonne chance avec Annie,
du coup... »

Elle lui a jeté un coussin au visage.
« T'es un boulet, Danny.
Entre Imogen et Joe y a pas de problème.
C'est le père de Joe qui va pas bien.
Alors ne nous emmerde pas. »

« Ah, OK »,
a dit Dan.
« Merde. Je suis désolé, mec. »

J'ai haussé les épaules.
« T'inquiète. »
Qu'est-ce que je pouvais dire d'autre ?

LARMES

Imogen m'attendait
quand je suis rentré chez moi,
les yeux rougis, les joues tachetées,
elle était posée là sur le canapé,
le mascara qui coule et tout.

Maman lui tendait des mouchoirs, Papa avait les sourcils froncés,
et elle, elle hoquetait, elle balbutiait
qu'elle était venue parce que je ne répondais plus
à ses appels,
et qu'elle croyait qu'elle m'avait dit un truc qu'il fallait pas,
mais elle avait pas fait exprès, promis.
« Je t'en supplie, ne me déteste pas. »
Elle a jeté ses bras autour de mon cou,
et Maman a levé un sourcil
pendant que je lui tapotais le dos.

IMOGEN A DIT

« Je suis désolée de t'avoir blessé,
c'est juste que je suis à fond sur toi, tu vois.

Je suis désolée pour ton père.
S'il te plait, on se remet ensemble ?

Je suis désolée d'avoir pleuré,
je suis désolée d'avoir fait une scène,

c'est juste que j'ai des sentiments,
je pense à toi tout le temps. »

Et on a passé des heures ensemble,
quasiment greffés l'un à l'autre,
hanches, mains, taille,
jambes, lèvres.

Elle disait qu'elle aimait qu'on soit ensemble, c'est tout,
pas la peine de se presser,
être là tous les deux,
ça suffisait.

S'EMBRASSER

« Mon visage me fait mal », a dit Immie,
« tu l'as griffé de partout, avec
ton menton plein de barbe,
regarde ma bouche,
on dirait un poisson ».
On s'embrassait, on rigolait,
je l'ai assise sur mes genoux,
une chaise pour deux
à la cantine.
Annie et Dan faisaient semblant de vomir,
Kiran tenait la main de Dan :
« Pourquoi toi t'es pas comme ça avec moi ? »
elle a sorti en sirotant son verre.

M. Burns est venu nous demander
de bien vouloir arrêter ça tout de suite.

Imogen a levé les yeux au ciel,
et le majeur aussi, dès qu'il a eu le dos tourné.

Dan s'est levé, il a roté,
« On y va, mec ?
C'est l'heure de l'entrainement.
Le coach va vriller
si tu le rates encore une fois ».

Je me suis détaché lentement,
je me suis étiré, j'ai regardé Imogen, j'ai
posé mon poing sur ma poitrine et puis
mes doigts sur mes lèvres,
et j'ai envoyé
un baiser
une promesse
dans l'espace   entre nous.

SERRE-MOI FORT

Papa, son état s'est dégradé,
                    « C'est-à-dire ? » a demandé Im,
j'ai secoué la tête pendant qu'elle monologuait,
                    « Tu sais quoi, moi mon père,
                    j'en aurais rien à foutre
                    qu'il crève ».

Je n'ai pas su répondre à ça.
                    « Mais en vrai, Joe, » elle a dit, « ça ira,
                    moi je suis là, moi je te ferai sourire »,

et mon visage s'est défroncé,
« serre-moi fort, Joe,
tout ira bien, Joe,
je te promets,
pas de raison d'avoir peur ».
Je l'ai serrée très fort, tout frissonnant,
et chaque inspiration
me nouait à sa peau.

MALADIE

Chez moi il y avait une odeur
de médicaments et de tristesse.

Je détestais cette bataille
qui faisait rage derrière chaque porte,
qui se reflétait dans toutes les vitres.

Maman gardait les rideaux fermés pour protéger Papa
d'un soleil qui lui blessait les yeux –
il dormait trop

et moi j'avais tellement peur qu'il meure.

RÉVÉLATIONS

Imogen m'apprenait des choses sur moi que je ne savais pas.
« T'es trop beau, Joe,
tout le monde le dit. »

Je haussais les épaules, je rougissais, et puis,
« Et t'es tellement brillant,
toi et Annie, vous êtes les plus
intelligents
de toute la classe ».
Ça, c'était pas vrai, pour le coup.
C'est juste que je bossais beaucoup, beaucoup, beaucoup.

En cours de maths j'étais à côté d'Imogen,
et elle passait son temps à soupirer.
« Je comprends rien. »
J'essayais d'expliquer,
elle remuait la tête.
« Nan, mais ça veut toujours rien dire.
Je déteste le lycée, Joe, c'est tellement
une perte de temps.
Vas-y, on se tire,
on va chez moi. »

Elle s'accrochait à moi,
s'agrippait à ma main,
se collait sur mon dos, sur mes genoux,
comme une moule sur un rocher,
et moi je la portais, ou bien je l'attrapais.

Elle m'embrassait
quand il y avait d'autres filles autour,
écrasait mon visage contre le sien,
ça faisait mal,
mais ça m'était égal, et même
j'aimais bien ça, crâne contre crâne,
les mains d'Imogen qui furetaient partout.

Elle m'a dit que le bleu ça m'allait bien,
on a trié toutes mes affaires
et elle a fait une pile de celles que je devais jeter.

JOURNÉE À LA PLAGE

Un samedi de soleil
le monde s'est mis à tourbillonner,
à accélérer,
on a hurlé, la tête en bas, de là-haut on voyait
l'Australie, l'Asie,
l'Antarctique, l'Amérique,
méli-mélo de mondes à nos pieds,
ça donnait ça, comme impression, plein vol,
pleine vitesse, bien accrochés
sur le grand 8
furieux comme la mer.

Un peu plus tard, encore un peu sonnés, soudés
l'un à l'autre, sur le sable,
tout cuits comme des poissons échoués,
j'ai léché la glace sur ses lèvres
aveuglé par l'éclat d'une flaque de soleil.

Le train du retour trainaillait,
il s'arrêtait, il repartait, il s'arrêtait,
les rails étaient trop chauds, apparemment.
« C'était sympa », j'ai dit.
« Oui », elle a souri.
« Ça va, c'était pas mal. »

MAMIE

Mamie m'a cuisiné :
« Alors, il parait qu'on a une petite copine ?
Elle est comment, dis-moi, cette Imogen ?
Un peu bourge, je me trompe ? »
Coup de chaleur,
j'ai fait craquer mes doigts,
j'ai englouti mon thé.
Maman préparait à manger,
Papa dormait,
Mamie et moi on regardait la télé.

« Euh, oui, ça va, elle est cool,
enfin elle est gentille, enfin... »

Mamie a rigolé.
« Tu m'étonnes...
Et jolie, j'imagine ? »

Embouteillage de mots derrière mes lèvres.
« Ouais, ouais, enfin, oui. »

JE T'AIME

Je voulais être le premier à prononcer
cette promesse, ce serment,
ces trois mots coincés dans ma gorge
depuis longtemps.

Maman était à l'hôpital avec Papa
et j'ai pris mon vélo,
direction Imogen dans le crépuscule.
J'ai attendu sur le seuil, à bout de souffle.

Elle était seule chez elle aussi.
« Maman est sortie je sais pas où, un date,
Stef est à un concert,
reste pas planté là, mon cœur, entre. »

On s'est posés dans le vide de l'entrée,
sa maison lugubre comme une grotte, avec l'écho.
Mes mots dans le silence prenaient toute la place.
Pourtant ça sortait pas.

Mais comme elle attendait que je parle,
j'ai toussé, et je l'ai
embrassée,
longs baisers chauds
et tendres et durs.
J'ai enfoui mon visage dans son cou.
Murmure.

« Quoi ? »
elle a chuchoté en pouffant,
en se tortillant,
« Qu'est-ce qu'il y a, Joe ? Je t'entends pas ».

Plus fort cette fois.
Directement.
« Oui, ben, je t'aime, Im. »

Son visage a changé, elle a regardé
ailleurs,

et puis ses yeux sont revenus sur moi.
« Ben merde, tu m'as volé ce que je voulais
dire. »

AUJOURD'HUI

APPEL D'URGENCE

L'accusation nous passe le coup de fil aux urgences,
112 – « De quel service avez-vous besoin ? »
La voix est calme, maitrisée.

« D'une amb-ambulance, bordel de merde, ou la police,
au secours, aidez-moi,
aidez-moi s'il vous plait. »

« À quelle adresse ? »

La salle d'audience écoute ma voix
désincarnée, le souffle court –

elle sort fracassée des enceintes,
céramique ébréchée, mosaïque de sons.

Ce moment où éclate, après le bégaiement,
le « P-p-p-ardon »,
et l'aveu,
« je sais pas,
il y a un blessé,
il y a eu un accident,

je vous en supplie, dépêchez-vous,
venez nous aider le plus vite possible. »

Ça fait mal d'entendre les mots
sortir si lentement,
tout ce chaos,
tout ce désordre,
j'ai envie de m'arracher la gorge,
je me demande si ces secondes perdues
auraient pu sauver la morte.

« Je sais pas où on est,
dans la campagne quelque part,
mais pas loin de
l'autoroute, pas loin,
je l'entends, j'entends les voitures,
l'A6, je crois. »

« Pouvez-vous ouvrir l'application Maps sur votre téléphone ? »

Je farfouille dans le noir,
mes pouces s'agitent, pianotage frénétique,
la pluie sur mon visage, dans mes yeux,
et enfin je trouve où on est.

« La personne blessée respire-t-elle ?
Allez vérifier, s'il vous plait. »

Mais je n'ai pas pu.

Je me suis plié en deux.
Tremblements. Vomissements.

MON BOSS

Stu est là, je l'avais pas vu depuis des mois,
depuis qu'il m'a viré parce que j'ai fait n'importe quoi.

« Ah, monsieur Stuart. Joseph Goodenough
Était votre employé.
Pouvez-vous confirmer que la voiture qu'il conduisait
Était l'une des vôtres, sur lesquelles il travaillait ? »

Je bossais pour aider mes parents à joindre les deux bouts.
Et Stu était correct, j'ai beaucoup appris avec lui.

« Je suis désolé », a dit Stu en s'adressant à moi,
« je suis obligé de témoigner. Je vais faire de mon mieux
pour ne pas aggraver les choses,
mais je peux pas mentir pour toi, mon gars ».
        « Oui, je l'ai embauché, à mi-temps, c'est tout,
        je connaissais la famille,
        son père c'était un vieil ami à moi. »
« Fort bien, mais ce que la cour a besoin de savoir
C'est si la voiture sur cette photographie est l'une des
Vôtres. »

Ils montrent la photo.
Vieille Audi gris fusil.
        « Oui, on la retapait.
        Elle était au garage. »
« Et cette voiture, celle qu'il conduisait,
est-ce qu'elle était en état de circuler ? »
        « Pas à cent pour cent,
        non, pas exactement. »

« Et Joseph, ça, il aurait pu le savoir ? »
« J'aurais pensé qu'il était au courant. »
« Et pourtant il l'a prise,
Il l'a conduite,
Sauriez-vous expliquer ce comportement ? »

Stu ne répond pas.
Je baisse la tête.

« CONCENTRE-TOI »,

a dit Papa ce matin quand je suis parti,
« concentre-toi sur un seul but :
rentrer à la maison ».
Et puis il a repris son souffle.

Si seulement il était là.
Mes dents broient la vague de douleur
qui menace de m'abattre.

Mais la nausée roule dans mon ventre,
une sorte d'acide me ronge l'estomac –
et cet acide, ça fait si longtemps qu'il est là,
ma gorge en brule –
je suis criblé de trous,
lépreux, amputé de toutes parts,
je ne serai plus jamais
en un seul morceau,

maintenant qu'on m'a coupé en deux.

SE DÉFENDRE

Stu leur déclare que je suis fiable,
quand mon avocate lui pose la question,
oui sa famille est bien sous tous rapports, très droite, tout ça.
Mais les jurés en ont marre, ça se voit,
ils sont éteints,
le vieux est endormi –
enfin il ferme les yeux –
et la femme enceinte
gigote sur sa chaise.
C'est assez évident,
même pour moi,
qu'en plus du reste
je suis aussi un voleur.

PAUSE

Il faut que j'aille pisser,
m'enfermer dans les toilettes, m'assoir,
fixer le mur.

Je voudrais que tout soit fini.
Ça suffit de creuser, j'en ai
assez de retourner le passé,

comme arracher des dents pourries
à des gencives en sang.

Pourquoi personne ne voit les trous, les creux,
le sang et les boyaux et les os qui font mal ?

Je n'en peux plus d'attendre, je ne suis pas à la hauteur.

Si je mettais les mains en l'air,
si je disais *Je plaide coupable*,
alors qu'est-ce qui se passerait ?

SOUILLURE

C'est vrai ce qu'a dit la prof
quand on a étudié *Macbeth* :
la culpabilité,
ça tache.

Je me rince les mains
au lavabo,
je me frotte la peau, je la gratte jusqu'à ce qu'elle vire
au rouge,
comme si je voulais voir le sang.
Je regarde la porte
et à nouveau, le verre.

Et voilà Imogen qui me fait des signes,
qui sourit son ancien sourire,
étend les bras
comme si j'allais retomber tout d'un coup
dans son cœur.

ESSENTIEL

Elle a braqué ses yeux sur moi.
J'ai eu envie qu'elle me regarde encore,

envie de fleurir encore une fois
sous le soleil de son regard,
et puis j'ai flétri dans le noir,
recroquevillé,
ratatiné,
quand elle m'a rejeté.

J'avais besoin de ses mots
pour savoir ce que je valais,
besoin de ses yeux qui me disaient
que je lui appartenais,
de ses mains pour donner
une forme
à mon corps,
de son cœur qui battait,
qui me battait,
pour me garder en vie.

Elle m'a appelé hier soir.
« Joe, je peux te parler ? »
Je savais ce qu'elle voulait –

sa voix est un écho qui ne s'évanouit jamais.

SOIS UN HOMME

« Ça va ? »
me demande mon avocate.

Je hoche la tête
et je retourne m'assoir

dans mon box vitré
où je vais contrôler
mes tremblements
pour que le gardien qui me surveille
ne voie pas combien je suis faible.

Mais maintenant je me demande
ce que je devrais répondre,
est-ce que ça ferait une différence
si je disais que j'ai mal ?

Mais ma douleur elle se voit pas. Elle saigne pas.
Au moins je suis vivant,
et mon cœur bat,

oui, par rapport à ma victime, ça va.

Et la loi n'attend pas,
elle s'en fout des larmes,
alors je ravale mon hurlement,
je regarde droit devant, je fais face
à mes peurs.

FORT

Quand j'ai tiré le corps d'Imogen de la voiture
pour l'éloigner de l'épave,
en lui tenant les cheveux pendant qu'elle vomissait.

Quand j'ai tenu la main de ma mère pendant que le policier
lisait les chefs d'accusation – la liste de mes crimes.

Quand j'ai aidé mon père
qui venait de tomber, qui s'appuyait sur mon épaule.

Quand j'ai changé d'avis, que j'ai dit
Non coupable.

Est-ce que dans tous ces moments-là
j'ai été assez fort ?

AVOCATS

Ils aiment les débats,
les joutes, jouer avec les mots,

questionner, provoquer,
objecter, clarifier,

match de ping pong avec le juge
et j'assiste à leurs coups de raquette,
ça discute
des preuves,
admissibles ou pas
leurs phrases sont longues
et s'entortillent et s'emberlificotent
et mon histoire ne s'en sort pas,
de ces mots serpentins
qui l'entraînent
tout
au
fond
du
gouffre.

PROCHAIN TÉMOIN

C'est dégueulasse
de faire appel
à des amis à moi.
Mais en même temps, je dois bien dire
que ça ne m'étonne pas.

Même si Kiran est pas du genre
à mentir,
ou du moins,
elle ne l'était pas.
Elle était correcte, avant.

La meilleure amie d'Imogen
et aussi l'une des miennes,
avant,
quand on était des potes, quand on était un groupe.

Ses grands yeux marron
parcourent
la cour.

J'essaie d'intercepter son regard
(mais pourquoi ? pour quoi faire ?
Pour sourire et pour dire *s'il te plait,*
me fais pas ça ?)
mais elle cligne des yeux trop vite,
sa bouche s'ouvre, se referme,
elle avale sa salive et puis
rien   ne sort.

Jusqu'à ce qu'enfin
elle réussisse
à articuler :

« Joe et Im
c'était genre
le couple que tout le monde voulait être,
on les shippait trop,

et tout ça
c'est juste
tellement horrible, je veux dire –

oui, j'étais là à la soirée
où ils se sont disputés,
et j'ai vu Joe partir en voiture,
c'est la merde, franchement.

Parce que je sais qu'elle l'aime,
en vrai,
elle l'aime à fond

et personne ne veut que Joe
aille en prison,
aucun de nous

ne veut
ça. »

L'AVOCAT DIT

« Essayons de mettre un peu d'ordre dans tout cela,
Madame Sawar, je vous prie.

Vous avez vu M. Goodenough
Quitter la soirée au volant de la voiture ? »

Elle baisse les yeux, contemple ses mains,
puis redresse la tête et me regarde enfin.
« Euh, oui.
Oui, Joe, je suis désolée, mais oui. »
« Donc M. Goodenough était
Au volant, vous êtes sûre de ça ? »

Ses yeux s'agrandissent, elle cligne à nouveau
des paupières, elle va pleurer, peut-être,
mais je sais ce qu'elle a prévu de raconter.
« Oui, je l'ai vu, absolument,
au volant, je le jure.
C'était toujours Joe le chauffeur
d'Imogen. »
« Et pourriez-vous décrire
Les évènements de cette soirée,
Avant le terrible accident ?
Que s'est-il passé dans leur couple
Lors de cette fête ? »
« Euh, oui, OK, ben,
on passait une bonne soirée
mais Imogen était pas bien
ça allait pas entre eux,
Immie m'avait dit qu'il arrêtait pas de,

d'être horrible avec elle du genre
pas l'appeler,
ou lui faire croire
qu'il était à fond sur Annie,
ou lui dire qu'il était occupé,
des trucs comme ça.

Mais elle, elle l'aime vraiment
et il lui avait offert une bague
donc on a pensé que ça allait –
Joe aurait jamais fait exprès
de faire du mal à qui que ce soit, je le sais.
Voilà, s'il vous plait, c'est tout, c'est fini. »

« Je vois.
Diriez-vous, madame,
Que Joseph Goodenough,
Votre ami,
Avait pour habitude de jouer avec le feu ?
Qu'il a pu perdre le contrôle ?
Qu'il est le genre de garçon
À mettre en péril
La vie d'autrui ?
Qu'il était excité par l'idée du danger ?
Dites-nous, qu'en pensez-vous ? »

RISQUES

Tout le monde fait le con
de temps à autre
il me semble.

On a tous fait des trucs qu'on regrette, il me semble.

Je trouve ça injuste,
pure spéculation,
et quoi que réponde Kiran
j'espère qu'ils ne l'écouteront pas.

KIRAN

Qu'est-ce qu'elle voit
quand elle me regarde ?
Un mec fini, démoli,
diminué, dézingué ?

Oui, elle le dit haut et fort,
je ne suis plus le Joe
qu'elle a connu.

« Joe c'était celui qui était censé
tout réussir,
aller toujours plus haut, comme les avions qu'il fabriquait
et qu'il faisait voler en classe. »
Elle sourit
et l'espace d'un instant
j'ai l'impression que tout va bien se passer.

« C'était un peu un clown
quand on était petits,
il faisait son show,
mais c'était pas un dingue,
pas un chef de gang,

il bossait, il était brillant,
juste un mec bien, en fait,
il sentait l'air frais
comme si c'était toujours la brise qui l'apportait.
J'aimais ça chez lui,
comme il courait façon bourrasque
et puis en une pirouette
il se pointait
avec son grand sourire... »

« Madame Sawar,
Si vous pouviez répondre
À la question qu'on vous pose.
M. Goodenough est-il le genre d'homme
En qui l'on peut avoir confiance ? »

« Oui, ben, comme j'ai dit, c'est pas un méchant,
il est pas fou, enfin pas tout le temps,
il ferait jamais de mal à personne,
c'est pas son genre. »

« Mais madame Sawar, êtes-vous certaine
Que Joseph, de temps à autre,
Ne perdait pas le contrôle
De lui-même ; qu'à certains moments
Il pouvait avoir des comportements
À risque ? »

« Ben, oui, sans doute,
mais on était tous comme ça,
je veux dire y a pas grand-chose à faire
dans notre quartier. »

IL Y A TRÈS TRÈS LONGTEMPS – ANNÉE DE SECONDE, ANNÉE DE PREMIÈRE

OUBLIER

La vraie vie de plus en plus dure,
les fêtes de plus en plus intenses,
c'était bon de sortir, de secouer
la poussière qui collait à mes vêtements,
particules de peur, atomes d'angoisse.

Sobres ou bourrés,
on se remplissait les poumons l'un de l'autre,
on se happait, on s'attrapait
des poignées de peau,
de chair chaude sucrée
dans les rues haletantes
je buvais ses couleurs
je devenais v a p e u r.

COMPTE À REBOURS

Le temps ralentissait,
au lycée les minutes s'engluaient

aux chiffres de la pendule,
visqueuses, graisseuses, exténuées.

On les implorait d'avancer,

de faire disparaitre les secondes,

mais la masse de minutes,
la nasse des heures nous étouffait.

On s'envoyait des messages qui disaient :

t'es belle
je te veux
on va chez moi

t'es beau
je t'aime
quoi là maintenant ?

On les lisait sur nos genoux sous la table,
Brefs flashs de téléphones,
sémaphores de désirs.

J'ai abandonné,
j'ai brisé les pendules,
on est sortis. On a tout explosé.

PREMIÈRE FOIS

On a couché ensemble pour la toute première fois
sur un tapis de manteaux.
Je me rappelle plus qui a fait le premier pas.

Moi j'étais allongé là dans le silence
à essayer de ne pas trop envahir
l'espace d'Imogen,
pas me mettre

trop près
juste au cas où
elle pense
que j'avais des idées en tête
(bien sûr que j'en avais).

J'ai étendu la main
dans la chaleur entre nous deux,
je l'ai attirée à moi,
j'ai respiré son air.

Il y avait d'autres corps
empilés çà et là

corps en boules
comateux, somnolents.

On s'est embrassés,
beaucoup embrassés,
et puis je suis monté sur elle
j'ai défait ma braguette,

un peu de lutte,
de changements de position, cocktail

de baisers soufflés dans la nuit –

bourré – j'ai pas duré longtemps,
j'ai joui fort, vite –
« Merde, désolé », j'ai murmuré,
elle s'est lovée contre moi,
« T'inquiète, Joe ».

Quand on s'est réveillés
j'ai vu le ciel dans ses yeux,
la lumière naissante,
on s'est échappés de là
en faisant attention d'éviter
les piles
de corps
endormis
pointe des pieds
dans l'aurore.

On a englouti la lumière,
et dorés, resplendissants, on est rentrés chez nous.

LE PÈRE D'IMOGEN

« Il voudrait te rencontrer. »
Imogen marchait devant moi à toute vitesse.
« Il nous invite
demain soir
à diner, rien de spécial, il a dit.
J'ai pas envie,
mais pas le choix.
C'est vraiment un gros con.
Il dit qu'il a besoin de savoir
ce qui se passe entre nous. »

« Quoi ? »

« Désolée. Oui, je sais.
C'est chiant, mais
s'il te plait, tu veux bien venir ? »

Imogen faisait semblant de sourire,
et je suis rentré chez moi,
j'ai regardé mes affaires,
ma maison, mon père,
et je me suis demandé
comment j'étais censé
me comporter.

IMPRESSIONNER

« T'as vu ta tête »,
s'est moquée Imogen.

« Quoi, qu'est-ce qu'il y a ? » j'ai demandé
en triturant mon T-shirt, en aplatissant mes cheveux.

« Mignon », elle a dit.
Elle m'a reniflé le cou.
« T'as sorti le grand jeu, Joe.
T'essaies d'impressionner qui ? »

La bouche sèche, je l'ai suivie,
je me léchais les lèvres,
je tentais de sortir une réponse
qui me ferait pas passer pour un salaud.

Si je disais
Juste toi
Est-ce que ça serait la vérité ?

M. HARRIS

parlait comme Londres
sentait le cuir
et les billets de vingt balles bien repassés
quand ils sortent du distributeur.
Je me suis dit « OK », et j'ai tendu la main,
en mode un homme un vrai.

M. Harris a dû se trouver hilarant quand il a demandé,
« Qu'est-ce que tu m'apportes là, mon Im ? »
C'était peut-être ma manière de parler,
peut-être mes fringues,
je sais pas,
qui lui faisaient dire ça.
Maman m'avait conseillé,
« Sois poli, c'est tout, sois toi-même ».
Mais il me regardait comme si j'étais
quelqu'un d'autre.

M. Harris a attrapé Imogen
et l'a embrassée en disant :
« Comment va ta mère ?
Elle boit toujours trop ? »
Il a contemplé mes baskets
et jaugé le reste.

« T'es déguisé en quoi, bonhomme ? »
J'ai fait semblant de ne pas comprendre ce qu'il voulait dire.

Il nous a entrainés vers sa voiture
de sport, tout en souplesse, vitesse et scintillance,

j'ai caressé la carrosserie,
je voulais poser des questions,
combien elle coutait, quelles accélérations,
s'il me laisserait m'assoir
derrière le volant pour voir.

On s'est serrés derrière.
Les doigts d'Imogen entortillés autour des miens
quand il a fait rugir le moteur.
« Balèze, non ? »

« Oui, trop », j'ai dit,
« j'en voudrais bien une voiture comme ça, monsieur H. »

L'homme a souri, hoché la tête,
comme s'il savait exactement ce que je ressentais.

BOURGE

Il a commandé du vin, l'a fait tournoyer dans son verre,
et puis l'a avalé d'un coup.
Il mâchait vite,
ses mots, ses opinions, roulaient vers nous
comme des boulets de canon.
Il fixait Im, puis moi, puis elle, puis moi,
décochait des questions, et j'étais pas certain
de réussir l'examen.

« Et ton père, il fait quoi, Joe ?
Et ta mère ?
Tu habites où, dis-moi ?

Et tu viens d'où ? »
Le sang me martelait le crâne,
mon ventre était liquide.
Est-ce qu'il pensait que j'étais une merde, un loser,
pas assez bien pour sa fille ?

Il a frémi quand j'ai expliqué que Papa était malade,
que Maman était coiffeuse,
comme si ça voulait dire qu'ils étaient cons.
Je me suis détesté quand j'ai sorti à un moment
que je comptais me tirer de là, faire quelque chose de grand,
peut-être du foot, ou des études de sport
à l'université, ou des lettres, ou des maths.

Ça ne m'a pas surpris de l'entendre répondre :
« Tout le monde aspire à ça.
T'as des buts dans la vie, on dirait.

Et celle-là, alors ? »
Il a désigné Imogen du bout de la fourchette.
« Je sais même pas pourquoi elle s'embête
à aller en cours.
Et tes trucs-là, la danse, la comédie,
ça a pas l'air de te réussir, Imogen.
Prends la salade,
mais pas le dessert. »
Il m'a fait un clin d'œil, comme si je trouvais ça drôle.

« Elle est trop douée, en vrai », j'ai dit,
mais personne n'a entendu
parce que la chaise d'Imogen a crié
contre le parquet

quand elle s'est levée.
« Parle pour toi, gros débile »,
elle a lancé, et elle est partie,
furieuse, mais lui il s'en fichait, il me racontait
des trucs sur son entreprise,
les affaires qu'il venait de conclure
dans le nord, et l'ambition, tu sais,
Joe, l'ambition, c'est la meilleure amie d'un homme.

Le serveur a pris la commande,
j'ai demandé un steak,
mais Imogen, en se retassant sur sa chaise,
a dit qu'elle ne voulait rien.

« J'ai pas faim. »
Elle a tenu tête à son père.
C'est lui qui a baissé les yeux.
« J'ai déjà mangé. »
Elle a croisé les bras, le dos vouté,
les yeux ailleurs,
et plus un mot.

« FÉLICITATIONS »,

a dit Imogen un peu plus tard
au bord de la route
alors qu'il s'éloignait
dans un hurlement de moteur
vers l'autoroute,
d'où il était venu.

« Papa chéri te trouve super.
Youpi youpla,
le bol que t'as.
Je vous souhaite tout
le bonheur
du monde. »

CHOPÉS

Parfois on séchait les cours
et Kiran et Dan nous suivaient
comme des petits bateaux ballottés dans notre sillage.

On menait. Ils suivaient.

Ce jour-là on est allés au lac,
on aurait dû être en physique-chimie,
mais la seule chose qu'on avait envie de mesurer

c'était la vitesse
et le volume
de nos cris

à chaque saut

depuis les rochers.

On s'en foutait des panneaux
Eaux profondes. Danger.

LE BON SENS MÊME

Les barbelés et les palissades défoncées
auraient dû nous mettre la puce à l'oreille,
mais ça faisait des années que tout le monde venait ici
dès qu'il faisait chaud,
trop chaud pour réfléchir bucher bosser.

Imogen a dit à Kiran *chiche de sauter*.

Qui aurait cru que l'eau
serait si froide ?

Kiran a disparu.
Les secondes sont passées.
On a attendu que son corps brise la surface,
en un   jaillissement.

J'ai couru de toutes mes forces,
j'ai sauté et
je l'ai attrapée
par les cheveux
et je l'ai trainée
jusqu'à l'air libre.

CET ÉTÉ-LÀ

Imogen est partie pendant des semaines,
vacances de luxe, le genre de cadeau
que son père lui offrait pour se faire pardonner

le reste.
Je regardais les photos sur son feed et j'avais l'impression
que nos mondes se séparaient, glissement de terrain –
je ne savais pas si je pourrais la rattraper,
ou si j'étais déjà trop loin.

Je ne connaissais pas les autres sourires autour du sien,
les bras qui se baladaient autour de sa taille,
je ne savais pas quoi penser de tous
ces cœurs, ces likes, ces visages.

J'ai passé l'été au parc avec Annie, Kiran et Dan,
Jack et Naz,
et le reste de la bande,
on rigolait,
on tournait sur le tourniquet, les balançoires,
on tapait dans le ballon la plupart des jours,
on rêvait de Manchester City et de buts en or.

Au moins il nous restait le ciel,
et la nuit qui se refermait.
Dan apportait son enceinte, on tombait dans le son,
on avait l'impression que quelque chose
quelque part, pas si loin, pourrait bien
nous appartenir. Je regardais Kiran embrasser Dan,
Annie me prenait la main, la nuit vrillait.

Imogen est rentrée bronzée, dorée,
pleine d'odeurs de mer, de plage.
J'ai cru apercevoir des algues dans ses cheveux,
des naufrages, des étoiles de mer au fond de ses yeux,
et le bleu chaud, profond, du ciel des Caraïbes.

Imogen m'a rapporté un bracelet en coquillages.
Je l'ai porté un seul jour,
et puis le fil s'est cassé.
Et j'ai eu beau retrouver tous les morceaux,
j'ai jamais pu les remettre ensemble comme il fallait.

SEIZE ANS

Pour mon seizième anniversaire,
j'avais déjà mis mon manteau
au moment de souffler les bougies.
J'ai embrassé ma mère avant de sortir.

Imogen avait juste un sac
jeté sur une épaule.
Maman ne l'a pas entendu tinter
quand on s'est mis en route
dans le soir doré de septembre.
Sa voix nous a suivis, effilochée :
« Amusez-vous bien. Joyeux anniversaire,
mon fils. »

C'était devenu une habitude
de choper une bouteille,
ou deux, ou trois,
parfois, quand Imogen
arrivait à en tirer plus sans se faire prendre.

On se bourrait la gueule le vendredi soir
ou le lundi après-midi,
on se posait au parc, en pleine nuit, en plein jour,

on regardait les étoiles, ou le soleil,
et on buvait jusqu'à se sentir désinfectés.

Moi j'essayais de repousser les rêves
qui me faisaient me réveiller en sursaut,
en sueur, des rêves où Papa
était seul, faible, battu à mort,
et moi j'avais les mains liées dans le dos.

On avait des trucs à oublier,
et c'était plus facile grâce à ça,
au début.

« Joyeux anniversaire, Joe »,
a dit Imogen,
et elle m'a passé la bouteille,
j'ai allumé sa cigarette,

Kiran et Dan aussi étaient de la partie
quand on planait,
quand je roulais
un joint pour Im,
quand elle prenait une taffe,
et on se marrait de l'entendre tousser.

Kiran était là
quand on a enflammé la nuit
d'un craquement de briquet.

Je crois que c'est Kiran qui a appelé
les secours,
personne n'a jamais su
de qui venait l'étincelle,

la flamme qui a fait flamber l'herbe
qui a fait flamber la haie.
Personne ne savait vraiment ce qu'on fabriquait.

On n'a jamais avoué.

STRIP POKER

Dans l'antre d'Imogen, à la seule lumière
des chandelles,
tout en distribuant les cartes,
Imogen expliquait les règles.
J'ai regardé mon jeu
elle parlait si vite
que j'ai rien compris.

Quinte flush ?
Paire perdue.
Full house ?
Cul nu.

Moi j'ai fait : « Hein ?
Mais qu'est-ce que ça veut dire ? »

Tout en semant chaussures,
chaussettes,
T-shirt
et jean.

Elle, elle restait tout habillée
à se marrer.

« Ça sert à quoi de jouer
si c'est pas pour gagner ? » elle me disait,
et m'embrassait,
et se marrait, encore.

Kiran à moitié nue,
Imogen qui rigole,
Dan qui essaie son soutif,
Imogen qui danse,
tous ces moments se fondent – clips flous
brumeux
comme si un doigt graisseux était passé sur l'appareil.
On a fait une nuit blanche
dans le même lit
pas sûrs de qui embrassait qui,
pas grave.

GRILLÉ

Papa m'a grillé.
On peut rien lui cacher,
à mon père.
Il avait beau être malade,
malingre,
vieilli,
il était toujours vif,
il savait toujours lire dans mes pensées
même quand je jouais au plus malin.

« Tu sors d'où, Joe ? »

Je suis rentré l'après-midi suivant,
les yeux mi-clos,
sentant le fauve.
Il s'est levé,
lentement – appuyé sur sa canne,
j'ai pas osé m'enfuir,
le laisser en plan.
« J'étais chez Dan. »

« Ne me raconte pas n'importe quoi.
Tu as bu.
Je le vois.
Regarde dans quel état tu t'es mis, mon garçon.
Tu as perdu la tête, ou quoi ? »

« Tout va bien.
T'inquiète pas.
Je
gère. »

Je me suis approché des escaliers.

« Tu ne gères rien du tout.
Et tu es privé de sortie
Jusqu'à ce que tu apprennes à te tenir.
Ce n'est pas une blague, Joe –
Tu devrais avoir honte. »

SOUS LES VERROUS

Après ça
ils m'ont forcé à me mettre au boulot :
devoirs,
lectures,
révisions,
équations,
montagnes de maths.
Téléphone confisqué.
Papa m'interrogeait,
les lunettes perchées
au bout du nez,
mitraillette de questions
exigeant des réponses.

Imogen me harcelait
sur le pas de la porte :
« T'as qu'à t'enfuir,
on s'ennuie sans toi,
allez, viens, Joe, allez, allez,
sors et puis c'est tout,
qu'ils aillent se faire foutre,
viens avec moi,
j'ai envie qu'on se bourre la gueule,
on s'ennuie trop ici,
j'ai apporté des trucs,
Joe, allez, viens,
Joe, dépêche-toi,
Joe, tu m'entends ou quoi ? »

AVENIR

« Comment tu vois l'avenir, Joe ? »
m'a demandé Maman, le front plissé de rides.
« Tu pourrais aller à la fac,
si tu faisais un effort.

On a de grandes ambitions pour toi,
ton père et moi.
Tu te dois d'essayer –
si tu commences à mal tourner,
on ne te laissera pas faire. »

Je me levais tôt pour distribuer le journal,
j'ai juré que je ne boirais plus jamais,
que je ne fumerais plus, que je ne décevrais pas
mes parents. Je suis entré en première,
un déluge d'examens à l'horizon.

Après les cours j'avais l'équipe et l'entrainement,
je me suis mis à aller à la salle,
à faire des devoirs en plus, des révisions,
les profs disaient que ça pouvait m'aider
à rattraper toutes les semaines en retard.
Mes tâches se sont accumulées,
une tour de tâches tout oscillante
sur laquelle je grimpais, à la force des bras,
pour retomber toujours en bas.

Imogen m'a dit qu'il fallait que les choses changent.
Elle se demandait pourquoi j'avais pas répondu
à son 99e message de la journée.

Désolé, je suis crevé, faut que je dorme là

Son silence a duré des jours.
À son tour de me faire attendre.

EXAMENS BLANCS

Imogen était à sa table,
tête posée sur sa feuille.
J'ai donné un coup de pied au dossier de sa chaise,
mais elle ne s'est pas redressée,
elle n'a même pas bougé.

J'ai pris ma feuille à moi,
j'ai commencé à griffonner quelques réponses,
stylo rapide,
et puis j'ai fait une pause
pour me reposer le poignet.

De nouveau j'ai jeté un coup d'œil :
Imogen n'avait pas bougé.

J'ai toussé,
gigoté,
pianoté sur ma table.
Le surveillant a froncé les sourcils
et il est venu se poser derrière moi
jusqu'à ce que je reprenne mon stylo.

« POURQUOI ? »

« Pourquoi quoi ? » a dit Imogen,
en marchant à grands pas.
« Pourquoi t'as même pas essayé ? »
« Peut-être que j'en ai marre d'échouer »,
elle a répondu.
« Mais ça, évidemment, toi, ça t'échappe. »

JETÉ

Imogen remplissait des sacs d'affaires dont elle n'avait plus besoin,
maquillage, fringues en vrac, bric-à-brac,
je l'aidais à ramasser ses trucs en trop
pour les jeter.

« Bon débarras », elle m'a dit,
le regard rivé sur moi.

Elle avait plein d'affaires, tellement d'affaires
que parfois on ne voyait plus par terre,
elle perdait ses cahiers, ses stylos, ses pensées, se
demandait
où était passé tel machin égaré depuis des mois,
telle chose que j'avais dite, qu'elle avait oubliée.

« Im », j'ai murmuré,
« c'est le gros bordel, là,
et moi je dois y aller,
y a match ».

« Comme d'hab », elle a marmonné,
et quand j'ai essayé de l'embrasser,
elle a tourné la tête.

VICTOIRE

Coup de sifflet,
petites foulées
pour quitter
le terrain.
J'ai fait un check à Dan :
le but de la victoire, c'était le mien.

« Bien joué », il a soufflé.

Je me suis douché, changé,
j'ai pris mon téléphone, envoyé un message :
une photo de moi avec les autres,
partout des sourires triomphants.

La réponse est venue illuminer l'écran :
« C'est fini entre nous, Joe. »

J'ai fixé ces mots-là, j'ai toussé,
j'ai enfoncé mon téléphone dans mon sac
et je suis parti en bousculant tout le monde.
« Qu'est-ce qui t'arrive, Joe ? » a crié Dan.
Je me suis pas arrêté.

PITOYABLE

« Qu'est-ce qu'il y a, mon amour ? »
a demandé Maman quand je me suis assis à la table de la cuisine
pour pleurer.

Je lui ai montré le texto d'Imogen.

« Je sais même pas ce que je lui ai fait. »
Maman m'a serré fort.
J'étais encore un petit garçon, même si j'avais l'air grand,
a dit Maman, et il ne fallait pas la laisser me briser le cœur.

« Mon Joe, tu es si tendre,
et je voudrais que tu restes comme ça toujours,
mais la vie nous donne parfois de dures leçons,
il faut t'endurcir, mon amour. »

« C'est bon, ça va », je l'ai repoussée
et je suis parti le dos vouté,
je suis resté dans ma chambre à lever de la fonte,
les dents serrées pour contrer la douleur,
les muscles en feu, les larmes aux yeux,
des larmes que je haïssais
et que je ne pouvais pas contrôler.

Apparemment, avoir des couilles,
je n'y arrivais pas.

CONSEILS

« Passe à autre chose », m'a dit Maman un peu plus tard,
« ça va aller,
tu es jeune,
tu es merveilleux,
tu es gentil, tu es intelligent ».

Mais je l'entendais même pas.

J'ai pris mon vélo, j'ai pédalé à toute vitesse,
tellement que mon cœur a failli exploser.
« Imogen, t'es là ?
C'est moi, c'est Joe. »
J'ai tambouriné à la porte de chez elle,
j'ai hurlé, j'ai crié,
je l'ai implorée, je suis resté là à supplier.

« S'il te plait, Im,
me fais pas ça à moi,
je t'aime, tu sais,
je suis désolé
pour ce que j'ai fait.
Même si je sais pas
ce que c'est. »

PROUVE-LE

« Tu ferais vraiment tout pour moi ? »
m'a demandé Imogen.
Elle m'avait laissé entrer
et j'étais assis auprès elle,
à étaler mes larmes partout sur mon visage
avec le revers de ma manche.
Et bien sûr j'ai dit oui.

On était dans sa chambre,
j'ai retenu mon souffle et Imogen a hoché la tête :

« OK, eh ben
je crois que tu devrais me donner
ton mot de passe,
moi je te donne le mien,
et je vérifierai ton portable tous
les soirs. »

« Mais pourquoi ? »

« C'est une question de
confiance, Joe,
rien de bien méchant, enfin,
sauf si
t'as quelque chose à cacher ? »

AUJOURD'HUI

COACH

Encore quelqu'un que j'ai déçu,
mais quand même j'aurais pas cru
qu'il me ferait ça.
En fait, j'avais pensé qu'il prendrait
ma défense.

« Joe, il avait du potentiel », il dit
du haut de son mètre quatre-vingt-dix,
costard gonflé par
ses muscles imposants.
Autour du cou épais, une cravate lâche.

« Qui sait, il aurait même pu avoir une grande carrière.
Mais il a tout gâché,
il avait pas vraiment ce qu'il faut.
Il y a deux ans, il a commencé à déconner,
alcool, cigarettes,
enfin vous voyez bien le genre de petit mec.
Très sincèrement,
il faisait n'importe quoi, c'était
un type qui fait perdre son temps à tout le monde, un lascar,
il arrivait crevé, cuité,
ralenti – je me disais qu'il se droguait.
C'est triste, je sais,
les ados dans notre coin
ils savent pas s'engager.
Enfin ils sont comme ça les jeunes d'aujourd'hui. »

J’essaie de ne pas l’écouter, je mets la tête entre mes mains,
même si ça m’attire pas la sympathie,
c’est tout ce qu’il me reste.

CARTON JAUNE

Oui bien sûr j’ai pris des cartons.
Quand tu fais une faute,
quand tu fais tomber l’autre,
quand t’es pas fair-play,
quand tu brises les règles et les os et les nez,
bien sûr qu’il y a
des conséquences.

Mon avocat demande au coach s’il m’avait réprimandé.
Si j’étais si horrible, pourquoi il m’avait nommé capitaine ?

Le coach répond d’un haussement d’épaules :
« C’était avant qu’il se mette à tout gâcher,
à se foutre de moi. »

« Je vous prie d’expliquer ce que vous voulez dire. »

« Joe est pas venu,
il a laissé tomber l’équipe.
Je l’avais nommé capitaine, comme vous avez dit,
c’est un grand honneur, vous savez,
et le jour de la finale, notre tout dernier match,
Joe ne s’est pas pointé.
On a perdu le match,

le titre,
la ligue.
Pour moi, c'était de sa faute.
Et c'est là que tout a commencé, je crois. »

MYTHO

Il sait très bien où j'étais ce jour-là,
je lui ai dit moi-même
qu'Imogen avait besoin de moi.

Je l'avais emmenée à l'hôpital
parce qu'on avait déconné,
sa mère aurait pété un câble,
on n'aurait pas pu avouer non plus
ce genre de trucs à son père
ni à mes parents.

J'imagine la tête de Maman
si je lui avais dit ce que j'avais fait ;
elle aurait voulu qu'on le garde,
elle aurait dit c'est un péché.

Et on a attendu des heures pour voir quelqu'un,
je tentais de faire sourire Im,
de lui raconter des blagues débiles.
La tête sur mes genoux,
elle essayait de ne pas pleurer.

« Je suis là », je lui disais,
« je serai toujours là ».

Elle avait fait le test
le matin même dans sa salle de bains,
sans m'attendre,
et je l'avais retrouvée en pleurs,
jeune fille en flaque
sur le carrelage.
On avait contemplé les lignes
qui disaient que c'était positif.

Bordel.
Ni elle ni moi on aurait pu gérer
un bébé.

On était encore des enfants.

BÉBÉ

« Pour moi c'était une erreur », elle a dit,
« Joe, on aurait pu le garder, on aurait pu ».

Je pouvais pas mentir, dire oui,
mais j'ai balbutié que je la comprenais.

J'ai étendu la main et j'ai touché son bras.
Réconfort minuscule. J'avais pas d'autre idée.

« Une prochaine fois, un jour »,
j'ai dit, et puis, « Im, tout va bien, écoute, je t'aime, je te promets ».

Elle a pleuré encore, elle a fini par s'endormir
à force de pleurer,

mais au milieu de la nuit
je me suis réveillé
et je l'ai trouvée en boule
sur le sol de sa chambre
à pleurer ce qu'on avait
cassé
et qui ne pourrait plus être réparé.

Comme un œuf éclaté,
comme un cordon coupé.

« Il est parti », elle a dit,
« pour toujours ».

Et je lui ai dit qu'elle s'en remettrait,
je pouvais rien faire de mieux.

IL Y A DES MOTS

pour désigner les mecs comme moi :
Petit con.
Racaille.

La mère d'Imogen
après l'accident
m'a craché au visage.
« T'es pas digne de lécher
les semelles de mon Imogen.
Elle aurait pu mourir dans l'accident
à cause de toi. »

Quand mes profs me regardaient,
je savais ce qu'ils pensaient,
et même Stu, au garage,
a secoué la tête,
a dit que je m'étais trahi moi-même,
qu'il voulait pas me revoir au boulot.

Et moi aussi je me disais ces mots-là,
sur le chemin de la maison après le lycée,
en janvier, quand Maman m'avait fait
commencer le nouveau trimestre
alors que tout ce que je voulais
c'était me cacher
sous ma couette,
sous mon lit.
T'es qu'un minable,
t'es qu'une chiure,
tu feras jamais rien de bien.
Ces mots me grignotaient le cerveau
et tout ce que je lisais dans les journaux
me confirmait que c'était la vérité.

Le Jeune Chauffard Irresponsable
Père Sous Allocation Adulte Handicapé
Délinquant Criminel Vermine
Plaide Non Coupable

Des photos de moi
me cachant le visage
la première fois que je suis venu au tribunal
pour écouter les charges qui pesaient contre moi.

J'ai tout lu :
les journaux connaissent mon nom,
c'est de bonne guerre.
Joe Goodenough,
dix-huit ans,
qui a détruit toutes ces vies
pour une nuit d'ivresse.
Beau scandale à la une, à l'époque,
et cette semaine, ils ont même
une photo de moi – à mon anniversaire,
il y a huit mois : dix-huit ans, une bière à la main
devant le pub,
le visage tout illuminé,
la petite clope qui va bien,
baskets blanches, capuche,
je sais de quoi j'avais l'air :
un loubard,
une petite frappe.

Je le déteste, ce mec-là,
celui que j'étais alors.
Il y connaissait rien
à la réalité.

JEU DES DIFFÉRENCES

La femme qui est morte – regardez-la – c'est elle,
elle avait vingt-huit ans, dix ans de plus que moi.
Ils ont mis sa photo à côté de la mienne,
son bébé dans les bras, sa fillette sur les genoux.

C'était quelqu'un de très très bien.

Moi,
apparemment,
non.

À L'ÉPOQUE – ANNÉE DE PREMIÈRE

LOSERS

Dan était furieux
que je ne sois pas venu –
pour toute l'équipe c'était de ma faute
si on avait perdu.

Alors je lui ai dit
pour Imogen et moi,
qu'elle avait eu une IVG
c'était pour ça que j'étais pas là
à marquer des tas de buts
pour mon équipe.

J'ai cru qu'il serait désolé, un truc comme ça,
un peu triste au moins,
mais il a juste donné un coup de pied dans la terre,
craché, secoué la tête,
et puis là il me sort, « Mais Joe, tu te fous de ma gueule ?
Comment tu peux être sûr qu'il était de toi ?
Joe, t'es vraiment trop con ».

Des cymbales de sang dans les oreilles,
ma fureur comme une brulure.
Je l'ai poussé.
Je l'ai frappé.
J'ai refusé de lui pardonner.

MENSONGES I

« Où est passée Imogen, Joe ? »
« Oh, rendez-vous médical »,
j'ai dit au prof, dont le hochement de tête,
trop lent, m'a fait comprendre qu'il savait que je mentais.
Un sourcil dressé, ça en dit beaucoup,
fin de l'après-midi, cours de maths – CQFD.

J'ai toussoté, je me suis forcé,
le bégaiement me ralentissait :
« Je crois   qu'elle a   eu une
urgence   un truc   comme ça. »

J'ai pris les fiches dont elle aurait besoin,
photocopié mes notes
pour qu'elle puisse rattraper,
je l'ai soutenue
quand elle était trop malade pour venir,
ou quand elle en avait ras-le-bol,
je savais pas ce qui allait pas,
ce que j'avais fait.
Je savais juste qu'elle pleurait beaucoup trop.
Je suis allée la voir après les cours,
sa mère m'a envoyé la retrouver dans sa chambre.

« Im, hé, t'es sûr
que tu vas bien ? »
Elle n'a pas répondu, elle a jeté les devoirs
sur l'océan d'affaires qui lui servait de moquette,
m'a attrapé la main,
attiré sous la couette,
dans le noir.

« Qu'est-ce qu'il y a ? Allez, ne pleure pas. »
Les mots glissaient, trop loin pour moi,
se perdaient dans le désordre par terre.
Je respirais l'odeur de son sommeil,
de ses dents pas lavées, de sa sueur,
j'aurais voulu l'extirper de tout ça,

je continuais à parler, en essayant de trouver des mots
pour colmater les brèches,
réparer des blessures que je ne voyais pas.
« Im, on aura un autre enfant un jour,
quand on sera mariés,
bien installés,
ça sera cool. Crois-moi. »

« Tu me promets, Joe ? »
Et j'ai juré
sur sa vie
que je réussirais toujours
à tout arranger.

INTENSE

Papa m'a sermonné
depuis son lit
un dimanche matin
où il se sentait bien.

Il se tenait assis, l'oreiller blanc brillant contre sa tête,
et il m'a dit
qu'un jour,
je vivrais un amour qui serait
la chose la plus importante de toute ma vie,
précieuse comme
la bague
qu'il avait achetée à Maman pour leur anniversaire.
La maladie ça lui faisait dire
le genre de choses
que j'aurais jamais imaginé l'entendre
me confier.

« Elle scintille, tu vois, Joey », il a dit
en me touchant la joue.
« Comme ta mère,
comme toi, mon fils.

Mais pour l'instant, Joe,
tu es encore un peu jeune, je crois,
pour quelque chose d'aussi intense.
Essaie de ralentir,
de refroidir,
t'as qu'un seul cœur,
mon fils, fais attention, d'accord ? »

J'ai remué la tête.
Il pensait que j'étais qu'un gamin.
Il pensait que j'étais trop jeune
pour savoir ce que c'était,
l'amour, le vrai.

ESSAI. ÉCHEC.

Imogen a dit qu'elle s'en foutait
de sécher ses examens.
« Quel intérêt
puisque je vais rater ? »

« Arrête de dire n'importe quoi », j'ai répondu,
et j'ai mis mes livres dans un sac –
je voulais l'aider.

Mais on a échoué au centre commercial,
à écumer les magasins.
Un peu plus tard elle a vidé ses poches
d'un air blasé.

« Pourquoi t'as volé ça ? » j'ai demandé,
en tripotant le tube de rouge à lèvres,
des boucles d'oreilles,
un sachet de bonbons.

Imogen n'a pas répondu.

Elle m'a bâillé à la figure.

HÉRITAGE

Imogen était venue en classe,
elle avait sorti son cahier,
on aurait dit qu'elle faisait vraiment un effort
pour la première fois de l'année.
Mais M. Jones n'était pas
le genre d'homme à se laisser
embobiner.
« Qu'est-ce que c'est que ça, dites-moi ? » il a demandé
en arrachant le cahier de sous son nez.

« Mon testament »,
elle s'est marrée,
« vous inquiétez pas, monsieur,
je vous ai pas oublié ».

Elle s'est mise à réciter :
« À monsieur John Jones,
mon prof préféré,
pour honorer son sens de l'hygiène
approximatif,
je lègue
un don caritatif :
un grand déo Axe Africa,
un flacon format familial
de shampoing antipelliculaire,
et un grand joint
pour qu'il se décoince le cul. »

Document confisqué,
Imogen collée.

Elle n'est pas venue le lendemain,
le lycée n'avait qu'à aller se faire foutre,
elle a dit.

RÉPUTATION

Quand ils constataient son absence
en faisant l'appel,
les profs levaient les yeux au ciel.

Et lorsqu'exceptionnellement elle était là,
elle n'était plus aussi bien accueillie.
Ces temps-ci la plupart des profs
voulaient juste avancer dans le programme.
Les examens se profilaient
comme des icebergs.
Nous on était à bord du *Titanic*.

Si elle prenait une aspirine en classe,
il y en avait qui disaient que c'était de la kétamine,
si elle sortait sa bouteille pour boire de l'eau,
ils la traitaient d'alcoolo,

si elle trébuchait sur son sac,
    c'est qu'elle était camée,
si elle demandait à aller aux toilettes,
    c'était pour se faire un rail.

« Vos gueules », je lançais,
et j'étais prêt à retourner les tables
pour me battre avec le connard

au sourire étalé comme une tache d'huile
qui beuglait plus fort que tout le monde –
Ryan Wall.

RYAN WALL

« Mais donc ça te fait pas chier tout ça ? » il m'a demandé,
gros rire en réaction à ma fureur.

« Tout ça quoi ? » j'ai répondu,
mon cou et mon visage à mille degrés.
« Que je l'aie baisée
l'autre soir, blaireau. »

Dan m'a agrippé par le bras
pour empêcher mon poing de percuter Ryan –
j'aurais voulu le démolir,
le pulvériser sous mes coups.

« Elle m'a dit que c'était fini,
elle se marrait,
elle a dit que t'étais nul.
Franchement j'étais pas super chaud,
mais elle avait envie, alors,
je me suis dit,
pourquoi pas. »

JE TE RASSURE

« C'est un gros mytho, Joe,
il dit n'importe quoi,
c'est de la provocation,
ne l'écoute pas.

Comment tu peux croire
que je ferais un truc pareil ?

Et même si c'était le cas,
en quoi ce serait ma faute ?
Tu fais que m'ignorer,
de toute façon,
tout le temps en train de réviser.

D'ailleurs
j'attends toujours
que tu t'excuses. »

« Quoi ? »

Mais ensuite la cascade
de larmes,
de sanglots qui secouent les épaules,
de mascara le long des joues en trainées noires.

« Je suis tellement désolée »,
elle répétait entre deux
hoquets.

Un petit sixième est passé en sautillant, nous a fixés.
J'ai étendu la main,
frôlé l'épaule d'Imogen,
et puis elle était contre moi,
à pleurer dans mon pull,
ses bras autour de moi,
elle redisait encore, encore,
combien elle était désolée,
que ça n'arriverait plus jamais,
qu'elle me jurait, cette fois, croix de bois
croix de fer, sur sa vie, sur la mienne.
« OK, d'accord, s'il te plait,
arrête de pleurer. »
Elle a essuyé ses larmes, en riant à moitié.
« Tu me pardonnes ?
Dis-le, Joe. »
Son visage était sérieux, tout à coup,
ses yeux larges et intenses,
elle a pincé ma bouche entre ses doigts.
et j'ai hoché la tête : « OK »,
parce qu'il fallait vraiment qu'elle arrête ça.
Je me suis reculé, elle m'a pris la main.
« Alors on est quittes ?
Tout va bien ?
D'accord ? »
Et j'allais lui dire non,
non merci, on en reste là, allez salut,
mais je l'ai pas fait.
Je l'ai pas fait.

Et puis, après, le moment était passé.

PORTÉ

Comme j'étais baraqué,
gros biceps,
abdos en tablette de chocolat,
elle aimait bien que je la soulève,
elle adorait que je sois si grand.

C'était bizarre parce que moi
je me sentais

tout petit.

BAL DE FIN D'ANNÉE

Costard, robe longue,
le look hollywoodien,
Imogen étincelait.
Je la regardais briller,
fier de l'avoir à mes côtés.
Maman a pris des photos de nous,
m'a dit au revoir sur le pas de la porte.
Mais vingt minutes après le début,
Im m'a harponné, m'a dit qu'elle s'ennuyait.

On a quitté le bal,
laissé mes potes derrière,
on a repris la route, on est sortis de la ville,
vers là où on voulait.

Imogen a retiré ses chaussures à talons,
sans éviter les trous dans le trottoir,
elle marchait pieds nus,
en plein dans les saletés.

J'ai dit « Viens sur mon dos ».
Elle a relevé sa robe,
m'a grimpé dessus,
elle s'en fichait de savoir où on allait.

On a fini sur le grand pont
au-dessus de la nationale
qui part de la ville pour aller quelque part,
entre le nord et le sud.

Imogen est redescendue d'un bond,
je me suis étiré les épaules,
mais déjà elle se penchait par-dessus bord,
elle hurlait, lançait sa voix, et puis elle a soulevé une
pierre qui trainait
et   tranquillement
                                        un sourire aux lèvres
                                                                        elle l'a lâchée
dans la valse des voitures.
« Arrête, Imogen, non ! »
Je lui ai attrapé le bras.
« On rentre, on va retrouver les autres. »

Mais elle a dit que le bal c'était fini.

RÉSULTATS

« Peu importe », je lui ai dit,
« c'est pas une catastrophe »,
je voulais lui cacher mes résultats.
Mes notes étaient hallucinantes,
bien meilleures que je ne l'aurais cru.
« Facile à dire pour toi. »
Tout son visage hurlait *danger*.
Elle m'a arraché mon enveloppe,
l'a roulée en boule,
l'a jetée.
« Tu l'as fait exprès
pour me faire passer pour une débile ? »
J'ai secoué la tête,
mais elle était déjà partie.
J'ai tenté d'aplatir le papier, qu'il soit beau,
mais les petits chiffres avaient cessé de briller,
leur éclat n'avait pas duré,
et quand Maman et Papa m'ont demandé
ce qui n'allait pas,
je n'ai pas su répondre.

UNE NOYADE ÇA NE FAIT PAS DE BRUIT

Un autre jour, une semaine plus tard, on est allés à la plage
et on a marché dans l'eau,
mer d'Irlande, froide et grise,
jusqu'aux genoux,
pour s'évader.

Je l'ai aspergée,
elle a hurlé,
elle m'a éclaboussé aussi,
gerbe sur gerbe en plein visage,
alors que le soleil glissait sous les nuages
et que je titubais dans les vagues.

Je suis retourné sur la plage
les pieds dans le sable doux et dans la boue,
puis sur la jetée –
j'ai contemplé le ciel,
en me séchant avec mon sweat,
en attendant une fissure
qui laisse passer la lumière.

Comme des sentinelles, des statues d'hommes
veillaient,
les yeux vides, le corps nu,
des cœurs en fer forgé faisaient face à
la mer, la mer toujours recommencée.
J'étais transparent à leurs yeux.

J'aurais voulu ressentir rien, comme eux.

On avait un pique-nique –
une bouteille de prosecco.
Je voulais qu'on s'amuse,
qu'on se rappelle ce que ça faisait
de passer un bon moment.

J'ai regardé Imogen
s'enfoncer de plus en plus loin
vers l'horizon,

vers des silhouettes hors de portée,
et j'ai hurlé,
« Im, Im, reviens ! »

Faut croire qu'elle ne

m'entendait pas.

AUJOURD'HUI

PREUVES

Je commence à me dire
que toutes les choses que j'ai faites dans ma vie
existent encore sur le portable
de quelqu'un d'autre.

Peut-être qu'on m'a regardé manger,
me doucher,
dormir.

Mais là c'est carrément un numéro spécial,
une édition de cauchemar de la part de l'accusation.

La fameuse fête.
Bonne Année !
On avait crié ça avant la vidéo,
quelques minutes plus tôt.

J'aurais dû rester chez moi,
regarder la télé à côté de mes parents,
tchin-tchin avec Maman
et bons vœux pour l'année qui vient.

Mais non, quelqu'un a tout
enregistré
en vidéo :
Imogen et moi,
en mode Marilyn et James Dean,
deux stars avant le baisser de rideau.

On presse *play*.

Il n'y a plus qu'à prier.

SCÈNE 1

Imogen floue à l'arrière-plan.
Devant, c'est moi.

Je plisse les yeux pour mieux voir,
je distingue mes mains
autour de la taille d'Annie.

C'est gênant.
Je danse
comme un mec bourré – aucun rythme,
juste un tressautement à contretemps.

Mais c'est vrai que je souris,
et je me vois
avancer la tête,

et je vois le regard qu'Annie pose sur moi,
son visage proche et tendre,

et merde, oui, on pourrait croire
qu'il se passe quelque chose.

À QUOI JE PENSAIS ?

Que c'était cool de sortir,
de voir mes potes,
que peut-être il y aurait
du nouveau, cette année,
mon père irait mieux,
mes examens se passeraient bien,
Maman aurait une augmentation,
Imogen se calmerait.

J'étais pas en train de réfléchir
aux lois à ne pas enfreindre,
j'étais pas en train de m'imaginer
un accident de voiture.

Je voulais juste profiter de la soirée.

SCÈNE 2

Imogen se rapproche,
Annie s'écarte,
je passe une bouteille à Imogen,
on danse
elle boit,
m'attire à elle

(murmurant
quelque chose
qui échappe
au jury).

Je lutte, je me recule,
je m'éloigne vers Dan
qui me fait signe depuis
l'autre côté de la pièce.

Imogen me suit
m'attrape par la ceinture
pour me ramener à elle,
grimpe sur mon dos,
bras autour de mon cou.

(ils n'entendent
toujours
rien
de ce qu'on dit,
tout ce qu'ils
voient c'est
que j'essaie
de me
tirer.)

Je lui détache les bras, me libère, je m'en vais.

J'aurais pu être plus doux,
j'aurais pu être patient,
j'aurais pu écouter, faire un peu attention,
être un mec bien.

Dans le tribunal enfle une vérité : ma honte.

La dispute éclate regardez nos visages qui se tordent
désordre cacophonique de voix et de musiques

Imogen me pousse je lui fais face
Imogen m'attaque je lui attrape les mains
Imogen hurle je recule
Imogen est chétive je suis un géant

Imogen va très mal et moi je m'en fous.

SCÈNE 3

Boum boum et bouts de corps
un instant de flou
on glisse de l'écran
et je reprends mon souffle ou presque
je veux croire
que c'est tout ce qu'on va voir.
Mais tout à coup retour à une image plus précise
et un cri
alors que la musique se coupe –
« Putain mais c'est quoi ton problème, Im ? »

Et elle se rue sur moi,
je l'attrape,
elle s'accroche,
s'agrippe,
les bras autour de mon cou,
comme si on se sauvait l'un l'autre.

et puis
je recule

(et puis elle me mord –
ils le voient, ça ?)

(comme toujours –
défense

attaque)

Je mets ma main sur ma joue, j'essaie de ne pas réagir
(mais même moi ça me fait peur de voir à quoi je ressemble,
je ne veux pas me rappeler cette douleur-là).

« Qu'est-ce que t'as, Joe ? »
me provoque Imogen,
et j'essaie de ne pas flancher,
j'essuie sa salive sur ma tempe.

Mes doigts sont couverts de sang,
il est là, tache noire, ce qu'il reste de notre amour.

On a des spectateurs,
à moi de commencer mon numéro,

alors je hausse les épaules
et je fais le mec relax.

Je pousse un juron, je crache par terre,
je crie un truc méchant, je réagis comme un connard.

SCÈNE 4

Imogen s'effondre,
et je tente d'attraper sa main (histoire d'expliquer
que ce que je viens de dire
c'est pas ce qu'elle croit –

on est en plein milieu d'une fête
où elle ne voulait pas aller,
« On devrait rentrer chez moi,
juste tous les deux ».

Mais les potes m'avaient imploré,
« Mec, on te voit plus jamais,
c'est le réveillon,
ne nous laisse pas tomber »).

« Hey, Immie,   s'il te plaît,
écoute   OK,
attends   de   ux   secon des. »

On arrive tout juste à déchiffrer
ce que je suis en train de dire.

(Je fais des efforts – mes mots sont lents,
je n'arrive pas à remplir tout l'espace,
à combler le trou
alors qu'elle recule ;
je suis venimeux, je suis contagieux,
elle ne veut pas m'attraper.)

SCÈNE 5

« J'en ai assez », elle déclare.
(Et puis – merde,
ça y est,
elle s'en va, elle est partie.)
Le jury la voit s'enfuir,
le jury me regarde la suivre –
(pourquoi elle m'attend pas ?)
Je quitte la fête
à toutes jambes,
(loin de mes amis,
je cours alors que son cri
résonne
dans ma tête,
vers sa colère qui attend ;
pointue,
t
r
a
n
c
h
a
n
t
e)

« Imogen », je hurle dans le noir,
jusqu'à ce qu'elle apparaisse, au loin,
et moi je cours vers elle, et la voiture –

FIN

La vidéo s'achève.
Murmures dans l'auditoire.
Ça se remue sur son siège, ça feuillette des papiers.

La vieille dame
parmi les jurés
avec les yeux brillants ronds comme des billes
me regarde tout droit
comme si j'étais
un truc immonde.

Et moi je voudrais pouvoir me lever
et hurler
ce n'est pas ce que vous croyez –
mais le barbu
au manbun
secoue la tête,
les bras croisés –
Je vous jure, j'ai pas voulu lui faire de mal,
j'en serais bien incapable.

Quelque chose a changé,
ils croient savoir exactement ce qui s'est passé,
ils croient connaitre
tout mon être –

ils ont la preuve que je suis une pourriture.

DISSECTION

L'avocat de l'accusation, méticuleux, découpe
cette nuit-là en petites lamelles

et le jury s'en délecte,
même si c'est injuste.

J'observe ça avec mon avocate,
j'attends qu'elle fasse une objection,
mais elle reste les bras croisés,
comme si elle ne remarquait pas mon anxiété.

Je n'en peux plus –
je commence à remuer la tête,
je tousse, je me tripote l'oreille,
j'ai des fourmis dans les mollets.

Je voudrais qu'elle se lève,
qu'elle leur dise « ça suffit »,
je me fais dévorer,
j'ai leurs crocs dans ma chair.

GORE

L'accusation nous montre des images de la scène.

Ils auraient pu prévenir, il me semble,
enfin je sais pas mais
des images d'une

femme qui **meurt**
comme ça sur un écran
une femme réelle,
ça aurait peut-être mérité
un petit avertissement –

sa famille est en pleurs,
je les entends
malgré le double vitrage autour de moi,
malgré le fait
que je ne veux pas les regarder,

leur douleur fait du bruit.

Je me plonge la tête dans les mains,
je ne veux pas me rappeler
le bruit du verre brisé
les secousses de la carrosserie
le hurlement du métal

qui me rendent fou depuis des mois.

C'est dans mes cauchemars déjà.

Maintenant à chaque respiration
leurs cris à eux aussi m'accompagneront.

MON PÈRE

n'a pas pu être là
et je suis bien content qu'il échappe à tout ça.

Je suis content qu'il ne voie pas
son fils déshonoré

par un juge en perruque,
par des jurés voyeurs.

Mon père est chez nous.
Il attend qu'on me libère.

Il croit que c'est ce qui va se passer.
Il croit que je fais face avec courage.

Quand j'étais petit il me faisait la lecture –
pas besoin de diplôme universitaire

pour les histoires qu'il racontait,
des histoires de petits gars qui terrassent des monstres,

des petits gars qui crachent du feu à leur manière.
Il est à la maison,

occupé à mourir.
Il y a une machine qui respire à sa place.

Si seulement je pouvais être moitié moins bien que lui

je serais déjà meilleur que la plupart des gens.

PAUSE

L'audience est suspendue pendant le déjeuner,
et je m'installe en face de Maman
en essayant de blinder
ma bouche de pain,
de réfléchir,
avant de tout
recracher.

« Je vais finir en taule,
hein, Maman ? »

Elle remue la tête
et on sort de la salle
pour qu'elle s'allume une clope.

Elle refume aujourd'hui, pour l'occasion.

J'ai envie de vomir.

Ses poignets sont si maigres, les os de ses chevilles
pointus comme des becs d'oiseau,
elle est si frêle,
ça me donne envie de lancer
un truc
très fort.

Elle ne mérite pas ça,
rien de tout ça.

« Maman », je demande à la fumée,
étouffant du besoin
d'espérer.

« Maman, qu'est-ce que t'en penses ? »

« Je pense que ça va aller,
Joe,
reste fort,
courage, mon garçon. »

Elle écrase son mégot
et je l'enlace
quand elle s'en rallume une.

ET SI JE LEUR DONNAIS

ce qu'ils attendent ?
Les jurés.
La police.
La famille de Stephanie.

Et si je faisais
ce qu'ils voulaient ?

Tout serait fini,
je change ma réponse, je mets les mains en l'air, j'avoue, j'annonce
Je plaide coupable,

Si je faisais ça,
il se passerait quoi ?

JE N'EN PEUX PLUS

Je demande à faire une pause
et je dis à mon avocate ce que je voudrais faire.

« Tu es fou ? »
répond-elle
quand je lui présente mon plan.

« C'est non.
Hors de question.
Joe, on s'en sort bien,
il reste encore beaucoup de chemin à faire,
tu ne peux pas laisser tomber,
tu ne peux pas abandonner,
il faut te battre,
si tu veux gagner. »

Mais je connais la suite du programme.

Imogen.

DEUXIÈME PARTIE

THÉÂTRALE

Imogen a décidé que puisque le lycée
ne reconnaissait pas son talent,
elle irait chercher ailleurs.
J'ai dit d'accord, ça me semble une bonne idée,
échappe-toi, épanouis-toi, montre au monde entier
qui tu es.

Alors elle n'a pas fait sa rentrée
en terminale ;
je suis parti tout seul le bac à l'horizon,
et elle, elle s'est trouvé une école de théâtre.

Imogen savait bien danser, chanter, jouer
la comédie, et je suis allé voir sa première pièce.
Aucun signe de sa mère.
J'étais au premier rang,
tout seul.

Je connaissais son rôle par cœur,
sur le bout des doigts.
T'es géniale, je pensais très fort
en articulant chaque mot.

Tout le monde s'est levé
au baisser de rideau :
une standing ovation.
J'étais si fier.

« Je vous présente Joe », a dit Imogen
un peu plus tard, encore illuminée
par les feux de la rampe,
par la poussière d'étoile,
toute maquillée –
le bonheur, ça fait une différence.
Je le goutais presque du bout de la langue,
et j'ai souri,
un petit peu à l'écart, un verre à la main,
en la voyant étinceler.

Elle m'a présenté aux deux rôles principaux :
« Oliver, Ben. »
Je leur ai serré la main,
j'ai ri à leurs blagues,
ils ont eu l'air surpris en voyant qu'en fait
je comprenais de quoi ils parlaient
quand ils disaient
que Bertolt Brecht
avait réinventé l'art du théâtre
à son époque.

J'ai dit « Ouais,
enfin, oubliez pas non plus Stanislavski, les mecs ».
Ça leur a cloué le bec
et j'ai levé mon verre en mon honneur.

Plus tard Imogen m'a dit que j'étais parano,
bien sûr que je leur avais plu,
bien sûr qu'ils n'étaient pas une menace,
« T'es jaloux ou quoi, Joe ?
Eh ben dis donc, ça change de d'habitude ».
J'ai pas compris ce qu'elle voulait dire.

PARFOIS FORT

Novembre.
Feux d'artifice.
Imogen et moi titubant dans les rues,
un peu gais,
mais pas trop,
on était sortis tous les deux
assister aux feux de joie dans le centre-ville
et tout allait bien dans le monde
avant de rentrer chez moi, et de voir l'ambulance
garée devant la porte.

On est entrés, paniqués.
« Maman, Maman – oh merde, mais qu'est-ce qui se passe ?
Dis-moi que... » Des hommes en blouse,
sur le pas de la porte, des murmures, je tenais plus sur
mes jambes.

« Oh, Joe, tout va bien,
c'est Papa, il avait
du mal à respirer – la poitrine encombrée –
j'ai eu peur –
il n'ira pas à l'hôpital, promis,
son état reste stable, pour l'instant,
entre, monte dans ta chambre, ça va,
laisse-le, ne t'inquiète pas. »

Je me suis appuyé contre le mur,
j'avais peur de tomber, de m'écrouler au sol.
L'espace d'un instant j'avais cru le pire.

Imogen me tenait dans ses bras.
« Tout va bien, Joe, tout ira bien, promis,
c'est rien, c'est rien – tout ira bien pour lui. »
Elle m'a serré dans ses bras, ses bras si chauds,
si minces, mais forts, ses bras
qui m'ont gardé en un seul morceau
ce soir-là.

ARGENT

Le congé maladie ça dure pas,
et distribuer le journal ça rend pas riche.

Quand j'ai eu dix-sept ans
j'ai trouvé un boulot à la station-service,
remplir des réservoirs, lessiver des rétroviseurs,
des pare-brises ; mon jean
était tout imprégné de l'odeur de l'essence.

Stu m'a dit qu'il m'apprendrait à réparer des épaves,
et moi je voulais savoir comment faire remarcher
des trucs cassés.

Il m'a promis de m'apprendre à conduire
et quelques heures plus tard j'étais au volant de ses vieilles caisses,
j'adorais leur vitesse, le moteur rugissant,
les pneus qui crissaient sur la route.

Imogen trainait au garage,
je m'ennuie, elle disait
en mâchant un chewing-gum, en chantant,
en se mettant du vernis, en apprenant ses textes,
et elle me faisait rire, et Stu aussi
quand elle se postait à l'accueil
et répondait au téléphone
et jouait à faire les comptes de la boîte.

Elle m'a demandé de partir avec elle
pendant les vacances de Noël.
« Ça va être tellement nul sinon,
je serai toute seule,
Papa passera son temps à emballer
je ne sais quelle meuf qu'il aura trainée là-bas. »
« Eh bien, reste ici, n'y va pas. »
« Allez, s'il te plait, sois sympa.
On s'amusera bien, pour changer.
Tu préfères que je demande à quelqu'un d'autre ? »
J'aurais presque eu envie d'y aller,
mais j'ai dû refuser.
« Fais pas l'idiot », elle m'a lancé,
« on paiera pour tout, enfin,
Papa paiera, si je lui dis
que je veux que tu viennes ».

« Non, je ne peux pas », j'ai répondu.
Pas cette année-là. Pas ce Noël-là.
Elle a croisé les bras.
« Joe, fais pas le con. »
J'ai secoué la tête.
Et puis j'ai lu sur son visage
que j'avais fait une grave erreur.

ÉCHECS

Je suis resté chez moi.
J'ai sorti le plateau, je me suis assis près de Papa,

des chansons de Noël passaient à la radio,
Maman était au boulot.

On a fait de longues parties
chaque jour humide de décembre.

La pluie tambourinait sur le toit,
l'air du salon était épais et confortable.

Papa prenait son temps, je l'observais,
et j'apprenais de mes échecs.

Je sacrifiais des pions, des fous,
des cavaliers, des tours,

je n'arrivais pas à comprendre
qu'on ne peut pas toujours revenir en arrière,
corriger ses erreurs – je ne comprenais pas
que souvent j'aurais pu me défendre

un peu mieux.
Je ferais un piètre soldat, m'a dit Papa,
alors j'ai laissé tomber, je lui ai fait la lecture,
notre histoire préférée de quand j'étais petit,
avec un chevalier, un monstre,
et une mission :
sauver une princesse. Il a souri,
s'est endormi juste après avoir glissé :
« C'est juste une histoire, Joe,
n'oublie pas, mon bonhomme. »

IMOGEN ME MANQUAIT

Je cochais les jours jusqu'à son retour,
et j'avais économisé
pour nous payer une belle soirée de retrouvailles :
un restaurant chic, où on s'habillait bien.

Le jour du réveillon, Stu a dit qu'il ferait la fermeture –
j'ai déboulé chez elle

en retard.

Son avion avait atterri,
pas le temps d'aller l'attendre.
J'avais les ongles noirs,
les mains calleuses,
la tête pleine de choses à lui raconter.

Ça ne lui a pas plu quand je l'ai touchée,
ça ne lui a pas plu mon visage tout taché,
je lui ai dit pardon d'avoir bossé
toute la journée.

DISPUTE

On n'est pas sortis
ce soir-là.
Je suis resté sur le seuil
pendant qu'elle s'égosillait.
« C'est pas ma faute à moi », disait Imogen,
« si on ne se voit presque
plus jamais –
c'est ton foot à la con, ton bac,
ton boulot de merde,
Dieu sait ce que tu fabriques encore
quand je suis pas là.
Non, mais en vrai, Joe, on voit clairement
où sont tes priorités ».
J'ai essayé de réfléchir à des manières de la contredire,
mais elle avait raison,
mes journées étaient boursouflées d'autres choses
à faire.
« Je suis désolé,
est-ce que je peux entrer quand même ? » j'ai imploré.
« Non, je suis crevée.
Je vais me coucher. »

DÉFONCE

Une nuit, peu après,
mon portable a sonné.

Je dormais, j'étais
épuisé, trop de devoirs,
trop tard,

j'ai failli pas répondre, et puis
j'ai vu que c'était Immie.

Paramètre par défaut : désastre.
Bien sûr je me suis imaginé le pire.

J'ai agrippé le téléphone,
« Im, oui, quoi, qu'est-ce qu'il y a ? »

« Viens me chercher, Joey. »
Sa voix épaisse, plaintive.

« Pourquoi, t'es où ? »

« Chez Olly, en soirée,
je me sens pas très bien.

Joey – je suis désolée,
c'est la dernière fois, promis. »

EXIGENCES

On est sortis avec ses amis du lycée
le vendredi suivant.
Ce serait la dernière fois
avant un certain temps.
Et puis je l'ai vue plus tard,
dans une boîte, en ville.

« Imogen », j’ai hurlé pour qu’elle m’entende
par-dessus les vibrations de la musique –
elle dansait les bras en l’air,
les yeux fermés, sur sa planète.
J’ai joué des coudes jusqu’à l’atteindre,
je me suis penché,
la bouche contre sa peau, j’ai dit,

« Hé, Im, je savais pas que tu serais là ».

J’ai dû crier pour me faire entendre,
l’obscurité a avalé mes mots,
et quand elle s’est éloignée en dansant,
je l’ai suivie, sa main dans ma main.

On était face à face.

J’ai caressé sa joue brulante,
je lui ai dit,
« Je t’aime ».

Elle a répondu
« D’accord ».
comme si elle était pas d’accord,
comme si elle se demandait ce que je voulais dire.

Donc j’ai parlé plus fort,
j’ai hurlé,
« Et toi,
tu – enfin,
est-ce que tu m’aimes encore ? »

Elle a haussé les épaules, fermé les yeux,
souri.

« Ouais, plus ou moins, mais bon
parfois tu m'emmerdes à un point. »

« Arrête de me coller », elle m'a sorti
quand je me suis plaint
qu'elle danse
encore une fois
avec un autre mec.

J'ai vraiment essayé d'être tranquille,
d'être raisonnable,
c'était juste un bon pote, d'accord,
je l'ai laissée faire,
j'ai résisté à la tentation
de lui jeter,
« Plus rien à foutre, va faire ta vie ».

J'ai scrollé,
accoudé au bar,
j'ai attendu
qu'elle en ait marre.

JOE LE TAXI

« Tu peux déposer ces mecs-là aussi,
Joe, ça t'embête pas ? »

« Euh, OK, vous habitez où ? »
Mais ça me soulait, quand même.
Cinquante bornes aller-retour ?

J'ai mis le pied au plancher,
j'ai conduit en silence.
Elle se foutait de ma gueule.
« Ça va, le Schtroumpf grognon »,
m'a sorti Imogen
quand les mecs sont partis,
et qu'on rentrait chez nous.
« Je te rembourse l'essence si tu veux,
ou alors viens, on va au lit. »
Il faisait sombre chez elle,
Imogen avait une odeur
de boîte de nuit,
et moi je sentais plus mes doigts,
ni ma peau, j'étais en coton,
ma langue
était gonflée de questions,
c'est fini entre nous ? c'est quoi le deal ?
Je suis resté là, accroupi,
à l'écouter chanter et se moquer de moi.

Tout à coup elle m'a agrippé,
m'a mis debout, tiré de mon siège,
une décharge électrique
qui m'a foutu un choc, redonné le souffle.

On s'est embrassés,
je tenais son visage entre mes mains,
je la regardais droit dans les yeux,
je ne disais

rien.

TRÈVE

Les yeux dans les yeux
j'ai dit à Imogen

J'en peux plus.

Elle s'est inclinée, sa main
s'est approchée de la mienne
dans la chaleur du petit café
nos doigts se sont touchés
elle m'a pris la main
et elle m'a juré sur ma vie.

ET TES AMIS ILS DEVIENNENT QUOI ?

« Pourquoi Dan ne vient plus te voir ? »
m'a demandé Maman.
« Et Annie ? Tout le gang ?
Tu n'en parles plus jamais. »

J'ai haussé les épaules, j'ai dit que j'en savais rien.

C'était plus simple de rester ici
tout seul,
juste au cas où.

Je racontais à mes potes que c'était pour Papa.
Et quand je voyais Annie,
dans son jardin,
je restais pas longtemps.

Je levais de la fonte
dans ma chambre,

et j'attendais
quelque chose

mais quoi ?

JOURNÉE D'ÉTÉ

On a fait une excursion à Londres,
grand voyage à travers le pays,
sacs au dos,
le train nous a crachés dans la chaleur du jour.

Imogen connaissait des gens qui avaient une chambre libre,
et l'après-midi s'est changé en
soirée, des petits
fragments de kaléidoscope brillaient
devant mes yeux, tant de choses à voir,
le soleil qui mourait, ses orange et ses rouges ;
nous, perchés sur un toit, on regardait
la journée s'évanouir en saignant dans la nuit.
La piqure vivace du sel et du citron
blessait nos bouches entre deux shots de tequila.

« J'ai envie de danser », a dit Imogen,
alors le jour suivant
on a trouvé un festival, on s'est fondus dans la foule
de carnaval qui coulait bouillonnante dans les boulevards
bruyants.

Imogen gorgée de soleil
dansait à travers ses rayons.
Moi je suivais sa flamme,
je la surveillais, je ne voulais pas
qu'elle trébuche, qu'elle tombe,
qu'elle soit
brulée
vive.

UNDERGROUND

Écrasé dans le métro
j'observais Imogen,
ses lèvres rouges plissées
par la concentration,
ses cheveux en chignon,
une tache de chocolat au coin de la bouche,
les yeux sur son portable.

Une femme oscillait, le regard affamé,
elle a laissé un message près de moi sur le siège :
Aidez-moi s'il vous plait

J'ai fixé mes chaussures.
Je savais pas quoi dire à ce visage blême,
à ces yeux misérables.
Imogen a soupiré,
et a tendu sa tablette de chocolat
à la femme, qui a voulu en casser un morceau.

« Non, prenez tout », a souri Imogen.

CORDE RAIDE

Une fête avec des gens
plus âgés que nous, mais Imogen était certaine
qu'on était les bienvenus.

Ils avaient ouvert leurs fenêtres en grand sur la rue,
pour inviter tout le monde à l'intérieur,
et Imogen a grimpé sur le rebord,
en équilibre   instable,
oscillant au rythme de la musique,
numéro de funambule,
comme si elle s'apprêtait à marcher sur un fil
qu'elle était la seule à voir.

Évidemment
                                        elle a glissé.
Et comme j'étais là
depuis tout à l'heure
à attendre de la   rattraper
j'ai trouvé son poignet

et je l'ai ramenée à l'intérieur.

LE COUT DE LA VIE

Si on vous demandait de mettre un prix
sur chaque souffle, sur chaque jour qui passe,
vous répondriez quoi ?

Mon père il n'a pas de prix,
ma main droite, mes deux jambes,
je vendrais tout
pour qu'il aille mieux.

Pendant son voyage, Imogen avait entendu parler
d'un traitement – qui guérit,
aucun doute, elle disait,
ça fonctionne forcément.

Mais bon, ça a un cout.

Les avions, le logement,
et puis évidemment
le traitement lui-même.

Maman bossait beaucoup,
elle avait deux boulots,

mais quand on a tout calculé,
tout ajouté, additionné,
on a vu qu'on n'aurait
jamais assez.

Le mieux dans ces cas-là c'est d'oublier,
de ne même pas se dire que c'est injuste.

Papa commençait à se réconcilier
avec l'idée
de la fin
de son existence –
il en contemplait les frontières,
les murs et les barrières, et les voies sans issue.

Je n’aimais pas cette résignation,
ses forces qui diminuaient,
l’espérance émaciée comme son visage.

« Mais enfin, Joe », a dit Imogen,
« faut qu’on fasse quelque chose,
tu vas pas rester là
à te lamenter. »

Donc on s’est mis à laver des voitures,
à agiter des chapeaux dans les rues,
à organiser un crowdfunding,
Immie s’est mis en tête de monter une pièce de théâtre.

Des gens ont payé
pour la voir sur scène,
chanter, danser, jouer,
et c’est pour Papa qu’elle faisait tout ça.

DON

On a compté l’argent gagné :
des pièces jaunes, mais pas que,
des billets,
des billets de dix, même, par-ci par-là.

Les gens ont donné ce qu’ils pouvaient.

On a sondé les plis du canapé,
les poches, les sacs, les livres,
on a appelé des proches, de vieux amis,

juste au cas où
un trésor attendait sagement quelque part.

« Joe, c'est gentil, mais ça ne sert à rien », a dit Maman,
et j'ai filé un coup de pied dans la porte
qui a fait un trou dans le mur.

« Putain », j'ai dit, « mais alors on fait quoi ? »
C'était Immie qui avait les idées de génie.

Un peu plus tard, elle a sorti un éventail de billets
de cinquante – bien roses, bien gras.

Elle a dit que c'était un don,
que c'était la moindre des choses qu'elle puisse faire pour Papa.

Je n'ai pas su quoi répondre.
Je savais que ses parents étaient riches –
mais sérieux ?
Ce n'était pas à elle de payer la facture.
« Je t'en supplie, prends-les », a imploré Imogen
en brandissant la liasse.
Je me suis demandé
si elle avait braqué une banque,
vendu un rein ou un poumon,
si c'était un morceau d'elle-même qu'elle me donnait.

DÉPART

Maman a emmené Papa aux États-Unis.

J'ai regardé Maman pousser le fauteuil roulant
vers la porte d'embarquement,

vers notre avion miracle,
en quête du remède.

La distance entre nous s'est creusée,
ils sont devenus
tout petits, miettes, spectre, poussière, et puis   air.

Mes parents
comme des enfants
fragiles dans l'espoir

et mes yeux se sont serrés comme des poings

et Imogen m'a enlacé pendant que je pleurais.

NOUS

Imogen s'est installée chez moi
et les choses ont changé.

On veillait tard,
on riait beaucoup,
on cuisinait ensemble
des montagnes de pâtes,

on se sifflait des mugs de vin.
Imogen me disait qu'elle aimait bien

faire semblant d'être   ma femme.

Je réfléchissais à lui acheter une bague,
après tout, j'avais 18 ans déjà.

On est allés en ville
et elle s'est mis au doigt
de l'or et des diamants.

J'étais fier,
mais je savais pas comment
payer.

Son argent je ne pouvais pas l'accepter.

J'ai contracté un crédit dans l'après-midi.

RANGEMENT

Des tas d'affaires en pile champignonnaient
semi-moisies dans un désordre de pire en pire.
Donc j'ai traîné l'aspirateur dans tous les coins,
essuyé les saletés, frotté les taches.

Imogen jetait ses culottes sur le sol,
puis demandait à tue-tête
où étaient passées ses fringues propres.

Je suis tombé sur Dan,
on s'est posés toute une soirée –
bière, Netflix, bon temps entre potes.

Imogen m'attendait pour me faire savoir
qu'elle ne me laisserait pas entrer ce soir.

J'ai dormi dans la voiture de Maman
dans le froid de l'allée devant chez moi.

FATIGUÉE

Imogen n'est pas sortie du lit
alors je l'ai laissée soigner
sa mauvaise humeur par le sommeil.
Quand je suis revenu du lycée le lendemain j'ai dit
« Pourquoi tu rentres pas chez toi, alors ? »

Elle s'est tournée vers le mur,
ses épaules secouées de sanglots
que la couette étouffait.
Je suis parti,
je savais pas quoi ajouter.

RÈGLES

Mange quasiment rien, fais croire que t'as plus faim –
souris comme elle aime bien.

Rappelle-toi que la fourchette se met là,
qu'un couteau ça se tient comme ça.

Pas de bruit en avalant.

Elle n'aimait pas la manière dont je mâchais,
j'essayais de manger silencieusement,
mais je savais pas trop comment.

Elle disait que ma façon de manier les couverts
ça lui foutait la gerbe,
et elle me donnait des coups de pied
sous la table.

DISCORDE

« Joe », elle disait,
« parfois je sais pas
ce que je fais avec toi ».
Plus tard elle s'excusait.
« J'étais juste fatiguée,
et tu me provoques, aussi,
pardon, Joe –
je t'aime,
tu sais.
Je te le montre quand même assez,
non ? »
C'était devenu une habitude :
ma simple
présence
lui était
désagréable.

« Qu'est-ce que j'ai encore fait ? »
Elle ne répondait pas.
Je regardais mes mains.
Elles étaient larges et fortes, comme celles de Papa.
Des mains qui savaient lancer tenir toucher attraper.
Des mains douces. J'étais quelqu'un de doux.
Je commençais à me dire que c'était un tort.

CHAHUT

Qui a poussé qui ?
Est-ce que c'est elle qui m'a pris
le bras et l'a tordu avant que je la chatouille,
ou alors est-ce qu'elle m'a fait

trébucher, tomber au sol ?

Tout emmêlés on rigolait on se bousculait
jusqu'à ce qu'elle me
fasse mal, hoquet,
« OK,
Immie,
stop,
attends,
non,
ça fait mal, ça »,
« Mais quel putain de chochotte, » elle a dit.
Douleur.
Pas comme un mal de ventre,
une cheville foulée,
même pas comme quand on tombe,
le souffle coupé, non.

C'était pire.
Je me suis roulé en boule, loin,
contre le mur,
pendant qu'Immie parlait. Elle m'expliquait
tout ce qui n'allait pas chez moi.

J'ai attendu.
Parce que je savais que ça allait s'arrêter.
Ça s'arrêtait toujours,
et puis il y aurait les pardons et les pleurs.

Pas les miens. Jamais.
Parce que je suis un mec et un mec ça pleure pas.

PARENTS

Le bonheur de retrouver Maman et Papa,
même si les nouvelles n'étaient pas géniales,
ils se disaient qu'on avait acheté à Papa
quelques jours de vie en plus.

Je ne leur ai jamais dit d'où venait l'argent,
ils ont cru qu'on l'avait gagné,
ils n'ont jamais cherché à le savoir.

Et quand ils m'ont demandé comment j'allais,
je n'ai pas reconnu ma propre voix
qui disait *bien*.

AUJOURD'HUI

LA VOILÀ

qui monte à la barre des témoins.

Je me retiens de crier,
Imogen,
mais qu'est-ce que tu fais là ?

Parce qu'il n'y a
aucun doute :
en la voyant ici,
comme ça,
ce qui me revient,
c'est la rime riche
de sa bouche sur ma bouche
la sibilance sublime
de ses baisers,

et nos mains en couplet, embrassées,
ce tout que c'était,

pas cette
histoire sordide
qui me torture.
Tout n'était pas morbide,
rien ne l'est jamais.

Je ne suis pas poète
mais il y a chez elle quelque chose
qui me faisait chanter –

(même si c'était il y a longtemps,
même si ce n'est pas le moment
de fantasmer sur le passé,

parce que ça,
c'est terminé).

ELLE DIT (1)

Serment,
        Promesse,
                Je le jure,
                        Témoignage.

« Madame Harris »,

commence l'avocat
tandis qu'Imogen triture la bague
qui brille, main gauche,
annulaire,
puis rejette en arrière
la frange qui lui mange les yeux –

mais comment est-ce qu'elle arrive à témoigner ?

Toutes ces années
        à lire les paumes de nos mains,
                elle voyait les étoiles s'aligner pour nous,
                        elle prédisait notre avenir à nous deux,

mais nos étoiles se sont éteintes,
et moi aussi.

« Madame Harris,
Pourriez-vous décrire, à l'intention de la
Cour, avec vos mots à vous,
Votre relation
Avec l'accusé ? »

Il y a un silence,
la salle se fige,
et elle lève les yeux
et je baisse les yeux
avant qu'elle ne réponde :

« Oui, bien sûr.
On était ensemble,
on était en couple,
on était les meilleurs amis du monde. »

Elle s'interrompt, toussote,

« C'est vraiment dommage en fait
que ça ait dû se terminer ».

AMNÉSIE

Imogen a forcément oublié,
ou sinon,
mais enfin bon, quelle importance.
Des années de nous deux
s'évaporent ici, sans une pensée.

Mais elle a l'air malade,
et triste, et terne,
elle ne sourit pas. Du moins,
cette situation n'a pas l'air de lui plaire.

L'avocat l'encourage
et moi je mets le passé
sur pause,
je me rappelle tout ce qui a
plus d'importance que ça.
Comme sortir d'ici les mains libres.

« Pourriez-vous s'il vous plait raconter aux jurés
Ce que vous faisiez
La nuit du drame ? »

Je sonde son visage,
mais il est neutre,
ses yeux petits, cernés de rouge,
elle est une statue de glace,
elle prend une grande inspiration,
regarde droit devant,
expire lentement,
commence.

ELLE DIT [2]

« On était à une fête,
une fête du réveillon,
je voulais pas y aller,
je voulais rester avec Joe à la maison.

Juste nous deux,
une petite soirée tranquille à se câliner,
je me disais –
on était amoureux, vous comprenez.

Je pensais que c'était sérieux
entre nous,
on était ensemble
depuis qu'on avait 14 ans,
il m'avait même offert une bague,
regardez. »

« Merci de répondre à la question
Si possible, madame Harris.
Je sais que c'est douloureux pour vous
De revivre ce moment ;
Pas le genre d'histoire
Qu'on a envie de raconter.
Mais si vous pouviez simplement nous expliquer
Ce qui s'est passé, et où, et quand. »

« Non non, mais oui, bien sûr, en bref,
je passais pas une bonne soirée,
il flirtait, il dansait,
il buvait trop de vin –
(il a l'alcool mauvais,
il parle fort, il fait le con,
c'est pas marrant,
et ce soir-là il me faisait peur,
on aurait dit qu'il cherchait la bagarre).

Alors j'ai demandé à Joe de se calmer
et de me ramener à la maison,
il m'avait laissée là toute la soirée
toute seule. »

« Alors vous êtes sortis pour reprendre la voiture ? »

« Ben, on s'est disputés un peu,
et puis ensuite
j'ai pris ses clefs, je me suis barrée,
j'étais vraiment pas bien,
c'est lui qui nous avait conduits là,
et il avait conduit trop vite,
mais je m'étais pas plainte.

Je crois que Joe était en colère,
je lui avais demandé de me rembourser
une somme d'argent, un peu plus tôt
ce jour-là. »

MENSONGES II

Limpide
rapide
sa voix
cascade
Ce sont
des mots
appris
par cœur –
comme si elle s'était entrainée à raconter
que je suis un monstre
la pire personne au monde.

Je sais que j'ai déconné.
Je sais que c'est le bordel.

Je sais que je suis un imbécile.
Mais j'arrive pas à croire qu'elle me fasse ce coup-là.

Je garde les yeux baissés, j'observe mes chaussures,
je me mords la langue,
mes dents la percent jusqu'au sang.

COMMENT SAVOIR SI QUELQU'UN MENT

On devrait apprendre ça
à l'école.

Non, les paumes ne transpirent pas forcément.

(Imogen m'a tenu la main pendant tant d'années
que ses empreintes ont remplacé les miennes.)

Non, un cœur qui bat fort n'est pas un cœur qui ment.

(Mon cœur qui battait la chamade
est à nouveau dans le même état.)

Non, la vérité ne se lit pas dans les yeux.

(Les yeux fenêtres de l'âme ? alors certaines âmes
sont des menteuses.)

LES JURÉS

sont penchés en avant
les oreilles en coupe,
bien inclinées pour recueillir
et avaler
toute cette histoire.

Elle raconte bien, elle pourrait faire croire
que la Terre est plate,
que le soleil s'attrape,
si on fait un effort,
si l'amour est assez fort.

Je frôle du bout des doigts
la petite crevasse
sur ma peau – un rappel
de la livre de chair
que j'ai perdue cette nuit-là.

Une dette parmi d'autres, déjà remboursée.

ELLE DIT (3)

« Il était pas content,
ça lui arrivait parfois,
Joe, il avait des sautes d'humeur,
les gens pensaient qu'il était adorable,
mais ils ne voyaient pas que ça pouvait être horrible,

je veux dire, je l'aimais, bien sûr,
mais parfois il est dur,
il se met en colère quand il n'arrive pas à
exprimer
ce qu'il veut, vous savez, il bégaie,
il y a des mots qu'il a du mal à sortir,
enfin bref, il ne voulait pas partir
de cette soirée avec moi,
rentrer à la maison,
alors qu'on venait
de se fiancer,
et donc comme j'ai dit,
on s'est disputés
à cause de l'argent et
de cette fille, là, Annie Brown. »

« Et ensuite, que s'est-il passé ? »

« Ensuite il m'a arraché les clefs
et on est entrés dans la voiture.

Je lui disais d'arrêter,
de se garer, de ralentir,

j'avais peur, je criais,
mais il a juste accéléré,

je savais qu'on allait tout droit
dans le mur. »

« Donc M. Goodenough conduisait
Dangereusement, diriez-vous ? »

« Oui, bien sûr,
il adore aller vite,
il bosse dans un garage,
il est obsédé par les voitures.

Il y a plein de fois
où on a failli se crasher,
j'avais toujours les boules
qu'un jour on ait un accident.

Et on était du
mauvais côté de la route,
et j'ai dit,
Arrête, Joe, s'il te plait,
tu vas nous tuer.

Et puis l'autre voiture est arrivée,
c'était trop tard –
on a viré, mais on l'a heurtée.
Je me souviens parfaitement de la sensation. »

Elle frissonne, ramène
ses bras sur sa poitrine,
avale sa salive, et tremble.
Silencieux, je l'entends dire,

« Je ne me souviens plus
de rien, après.
Ça s'est arrêté, et Joe
m'a sortie de la voiture. »

« Il vous a sortie de la voiture ? »

« Oui. Je crois. J'ai du mal à me rappeler,

Mais j'aurais pu mourir aussi,
comme cette pauvre Stephanie. »

DIFFAMATION DANS LES RÈGLES DE L'ART

Elle a toutes les armes, Imogen,
dans son arsenal,
bien briquées, déjà chargées.

Et elle abat
tout ce que je croyais être.

Comme un tireur d'élite balle après balle
elle vise,
elle tire. Vite.

Et j'entends raconter
comment j'ai échoué, encore et encore,
exprès, à être quelqu'un de bien.

Je l'ai mise enceinte
et j'ai ruiné sa vie.
C'est moi qui l'ai séduite
et c'était pas juste
de donner la priorité au foot,
à mes potes, aux devoirs,
et maintenant c'est le moment
de payer.

Je n'ai fait que la laisser tomber
tout le temps,
et l'accident
c'est juste une preuve de plus
que je suis un connard.

PRESSION

« Pourriez-vous raconter à la cour
Avec un peu plus de détails,
Madame Harris,
Pourquoi exactement
L'accusé et vous-même
Vous disputiez-vous cette soirée-là ? »

« OK, alors.
Ben comme j'ai dit
il me devait de l'argent.
Beaucoup d'argent.

Ça, ça l'énervait
et c'est pour ça
qu'il me laissait toute seule.

Il dansait avec Annie
juste pour me blesser.
Ça me faisait mal quand il
m'ignorait. »

« Combien d'argent
Joseph Goodenough vous devait-il ? »

« Cinq-mille livres.
Qu'il m'avait empruntées. »

CONTRÔLE-TOI

La défense a le droit de répondre
mais je ne sais pas s'il y aurait un moyen
de prouver qu'Imogen a menti.

Je serre les dents,
je ravale un cri,
je réprime l'envie
de hurler
comme un loup,
d'arracher la vérité
à coups de crocs
pour la jeter
sanguinolente
aux pieds des jurés.

Cet argent-là dont elle nous bourre le crâne,
c'est elle qui l'a volé,
une nuit,
à son père,
après une dispute.

Elle me l'a donné
pour aider mon père.
Elle m'aimait, à l'époque, enfin c'est ce que je pensais.

Je ne savais pas que c'était de l'argent volé.

Elle m'en a parlé
après le retour de Papa
de ce voyage qui n'avait rien changé,
qui nous forçait à voir la vérité en face :

la déception,
le désespoir,
la vie de Papa qui disparaissait.

Elle n'a jamais dit que je devais la rembourser.
Jamais, je le jure.

ATTRAPE-LA SI TU PEUX

Mon avocate observe Imogen
comme un faucon observe une souris,
comme si elle n'avait aucune chance
d'échapper à ses griffes.

Elle ne connait pas Imogen.
J'ai essayé de la prévenir, mais bon.

Le visage d'Imogen pâlit, et puis
s'adoucit en un sourire
teinté d'un peu de tristesse
comme pour dire *je veux juste me rendre utile*.

La pose est convaincante.
Elle a dû s'entrainer des heures.

Elle me jette un regard
si furtif qu'on le voit à peine,
et j'entends sa voix
susurrer, cruelle,
« Je croyais que tu m'aimais –
ça aussi, c'était un mensonge ? »

« Madame Harris, pouvez-vous nous rappeler
Qui était au volant de la voiture ? »

Imogen répète lentement
la même déclaration,
d'une voix pleine de conviction,
calme, mais avec de la douleur dedans :

« Comme je l'ai déjà dit,
c'est Joe qui conduisait,
je suis désolée, je vais pas mentir,
il conduisait dangereusement,
il faisait pas attention,
c'est sa faute à lui si elle est morte… »

Mon avocate l'interrompt
d'une main juste et ferme
qui stabilise la cour
et visse Imogen à la barre.

« Madame Harris,
Dans votre déposition
Aux forces de l'ordre
Vous avez expliqué
Qu'étant donné votre état d'ébriété… »

(Im prend un mouchoir,
s'essuie les yeux,
nerveuse, incertaine,
puis secoue la tête.)
« Oui, vous, et pas M. Goodenough,
Comme vous le savez,
Car vous étiez déjà soule quand –

Je me permets de rappeler au jury
Que les tests d'alcoolémie
De la nuit en question
Ont montré que Mme Harris
Était bien au-delà de la limite légale –

Votre déposition indique donc
Que vous avez demandé à l'accusé
De vous reconduire chez vous
À l'aube du 1er janvier. »

« Oui, et c'est la vérité.
Joe conduisait,
on se disputait,
c'est comme ça que l'accident est arrivé,
parce qu'il ne regardait pas
où il allait. »

« Mais madame Harris,
Un instant, s'il vous plait –
Notre expert,
Que la cour entendra bientôt,
A relevé vos empreintes digitales sur le volant
De cette voiture. »

« Oui, c'est moi qui ai conduit pour aller
à la fête,
Joe m'apprenait,
en conduite accompagnée.
Ce n'est pas un crime, il me semble ? »

« Je vois. »

Mon avocate se tourne vers le juge.

« Je noterai, Votre Honneur,
Que mon client conteste cette version.
Dans sa propre déposition,
Il affirme que c'est lui qui a conduit Imogen
À la soirée du réveillon.
Je me demande, madame Harris,
S'il y a d'autres mensonges dans vos déclarations.

N'est-il pas vrai, madame Harris,
Que même si vous nous disiez actuellement
La vérité,
Sur le chemin de la fête,
Vous étiez déjà alcoolisée.
Vous aviez déjà bu
Beaucoup trop ? »

« C'est n'importe quoi. Même pas vrai,
j'avais juste pris un verre. »

« Une fois encore, je note que mon client, l'accusé,
Comme établi par le dossier,
Était sobre cette nuit-là
Et qu'il conteste, comme d'autres personnes, votre version.

Ne diriez-vous pas qu'étant donné qu'il était sobre,
Joseph est une source plus fiable
Qu'une personne si soule
Qu'elle pouvait à peine parler ?

Nous avons des témoins qui affirment
Que c'était le cas.
Des amis à vous qui corroborent
Les déclarations de Joseph. »

« Non, arrêtez.
Arrêtez de mentir.
C'est pas juste. »

« N'est-il pas vrai, madame Harris,
Que cette nuit-là,
Comme souvent,
Vous manquiez de discernement,
Vous étiez hors de vous,
Jalouse,
Parce que votre petit ami
Parlait à une amie –
Et mesquine comme vous l'êtes, vous vouliez vous venger.

Alors vous avez pris les clefs,
Et vous vous êtes précipitée dans la voiture,
Mais il a grimpé dedans aussi, pour vous empêcher
D'enfreindre la loi. N'est-ce pas ?

N'est-il pas vrai
Que c'était vous qui étiez au volant,
Et que vous avez accusé à tort votre petit ami,
Ce qui explique sa présence dans le box ? »

APRÈS L'ACCIDENT

COMPLOT

Je me suis accroupi,
la tête entre les genoux
dans le vent, dans la pluie, dans la nuit.

Soufflez,
m'a dit une voix,
j'ai levé la tête,
tenté d'y voir un peu plus clair,
mais tout était noir.

J'ai soufflé dans le ballon,
inspiré, expiré, pour prouver
que c'était pas de ma faute.

Les gyrophares me faisaient mal aux yeux
et mon regard cherchait à éviter

la vérité.

On a attendu ensemble,
sans savoir vraiment
quoi.
On se tenait la main.
Elle s'est penchée vers moi,
et j'ai mis mon bras autour d'elle,
je l'ai serrée très fort.

Imogen épouvantée
pleurait,
sanglotait,
vomissait.

Implorait, suppliait,
chuchotait, désespérée :

« Tu m'avais promis, Joe,
rappelle-toi ta promesse. »

Elle a pris mon poing,
l'a embrassé,
l'a tenu fort contre sa poitrine.

« QUI EST-CE QUI CONDUISAIT ? »

a demandé l'agent de police
qui venait d'arriver.

« Pas moi »,
a répondu Imogen.
« C'est sa voiture à lui »,
elle a expliqué.
« C'est vrai, jeune homme ? »
m'a demandé l'agent.
J'ai hoché la tête, et puis c'était comme si quelqu'un
m'avait coupé la langue,
parce qu'
à partir de là parler
ce serait forcément mentir.

ARRESTATION

Garde à vue.
Je leur ai remis mon téléphone, mes clefs,
mon portefeuille, ma montre, mon nom,
mon adresse.

Le commissariat était rempli de hurlements
de gens bourrés, barrés,
de mecs plus vieux que moi, dangereux.
Ils sentaient fort, je frôlais leur fureur
qui enflait, s'enflammait,
ils hurlaient leur innocence, et la culpabilité
m'a pris au ventre,
je tremblais, je n'arrivais pas à regarder le policier
qui voulait simplement savoir comment je m'appelais.

ÉCHANTILLONS

D'urine, de sang.
À la recherche
d'alcool, de drogues.

Ils ont voulu savoir
combien j'avais bu.

Pas tellement,
presque rien, en fait.
Trop, ça fait combien?

Une bière ? Deux bières ?
J'étais pas sûr de le savoir.

Toujours pas moyen d'appeler ma mère,
mais je l'imaginais près de moi
à répéter *Oh, Joe,*
Mon Dieu, pas ça.

MUGSHOT

Et puis ils m'ont pris mes vêtements,
mes empreintes,
une mèche de cheveux.

Et ensuite une photo –
je tremblais, le regard vague,
terrorisé,
j'ai mis une main sur mon visage, senti du sang –

quelqu'un m'a nettoyé.
Une main efficace. Une voix douce.
« OK, Joe. Tu peux y aller. »

Écorché vif – ils ont tout
appris de moi, s'ils avaient voulu en savoir encore plus
il leur aurait fallu
me racler le cerveau à la cuillère.

Mais tout ça, ça viendrait plus tard.

COMMIS D'OFFICE

La conseillère juridique qu'ils m'ont collée
on aurait dit que c'était le dernier
endroit du monde où elle voulait être.

Bâillements, soupirs aux relents de café rance.
Elle parcourait des papiers du regard.
« Gardez le silence, et puis c'est tout »,
c'était son seul conseil.

JE T'AI EU

La machine a bipé,
ça m'a fait sursauter,
j'ai essayé de prendre l'air innocent.

(Mais ça ressemble à quoi l'innocence ?
ça fait pas un mètre quatre-vingt-cinq,
ça bégaie pas, ça tremble pas,
ça se recroqueville pas par terre,
ça pleure pas, c'est pas faible –

l'innocence c'est limpide, comme de l'eau,
comme un ciel d'aurore, l'innocence c'est calme,
c'est toujours prêt, c'est un éclat dans le regard.)

J'ai joint les mains pour arrêter de trembler,
tenté de soutenir le regard du flic qui m'expliquait
que notre entretien serait enregistré, qui vérifiait

que j'avais bien compris l'accusation.
Je me suis enveloppé dans une couverture.
Ma peur était réelle.

Ma conseillère m'a regardé,
l'air d'attendre – quoi, exactement ?

« Alors, Joseph, cette nuit vous avez eu un accident
sur la nationale B408,
qui a causé la mort d'une femme,
Stephanie White.
Pouvez-vous confirmer – vous êtes enregistré –
que c'était vous qui conduisiez ? »

Je me suis éclairci la voix,
et j'ai tenté de trouver des mots
qui pourraient dire la vérité.

« Euh, oui, ben moi et ma copine on était dans la voiture
ensemble, on rentrait à la maison. »

« Et c'est vous qui étiez aux commandes du véhicule ? »

« Hmm, oui, enfin j'avais dit que je conduirais,
Imogen avait beaucoup bu. »

Merde.
C'est sorti sans prendre le temps d'y réfléchir.

Silence –
un silence qui semblait attendre qu'on le secoue
par de nouvelles révélations.
J'ai gigoté sur ma chaise,

pris une gorgée de thé tiédasse,
trop laiteux, trop sucré,
il me collait aux dents.

Ils ont attendu encore un peu,
jusqu'à ce que le silence en ait marre et reparte.

**« Combien d'alcool aviez-vous consommé ?
Quel type d'alcool ? »**

« J- juste une bière. Peut-être deux.
Pas beaucoup, et c'était y a des heures. »
J'ai regardé la pendule.
4 heures du matin.
J'ai bâillé,
je me suis frotté les yeux,
j'ai tenté de m'étirer,
grincé des dents, mon dos me faisait mal.

« Ça va, jeune homme ? »

Non, ça va pas, j'ai mal.
J'ai pas dit ça.
Je voulais pas me plaindre.

Ils m'ont remis dans ma cellule.

INSOMNIE

Une cellule
C'est une boîte
Froide
Étroite
Pas faite pour dormir,
Mais j'ai fermé les yeux.

Une cellule
C'est une voie
Sans issue
Stridente
Échos des cris de ceux qui veulent sortir,
Qui grimpent aux murs.

Une cellule
C'est pour les maudits,
Les imbéciles,
Les abrutis,
Les mauvais, les immondes,
Ceux qui transgressent les règles.

Une cellule
Ça isole
Sans espoir
De repos.
Cœur palpitant, torturé, j'entendais
Les hurlements d'une femme morte.

JE VOUS EN SUPPLIE DITES-MOI

« Ce qui s'est passé.
La femme dans l'autre voiture,
Ils ont dit qu'elle était morte,
Je vous en supplie, dites-moi que c'est pas vrai. »

C'était le matin,
mais j'avais pas dormi,
et on était de retour dans la salle blême,
dans la salle nue,
et je voulais que rien de tout ça ne se soit passé,
me réveiller,
m'asperger d'eau glacée,
vider mon crâne de toute la vérité.

Je voulais tout annuler et refaire différemment.

LA VICTIME

« Elle n'avait rien bu », a dit l'agent.
« Elle ne conduisait pas du mauvais côté. »

La femme dans l'autre voiture
rentrait chez elle après le travail,
une garde qui s'était éternisée,
elle était
probablement épuisée,
ce qui n'implique pas
qu'elle ait commis la moindre faute.

La femme dans l'autre voiture,
Mme Stephanie White,
était maman.

Ses enfants,
deux enfants,
étaient en train de dormir
chez elle,
bien au chaud dans leur lit,
et avaient hâte de la retrouver
au petit matin.

Quand elle reviendrait à la maison,
elle entrerait doucement dans leur chambre
et déposerait sur eux un très léger baiser
pour ne pas déranger leurs rêves.
Elle les prendrait dans ses bras au réveil,
écouterait leur amour
se déverser sur elle,
embrasserait les joues du bébé,
les genoux écorchés de la grande.

« Stephanie,
la femme dans l'autre voiture,
avait travaillé
toute la nuit.

Elle était infirmière.
Elle sauvait des vies. »

CE QUI LUI EST ARRIVÉ

À tombeau ouvert
on l'a à peine vue
et on a envoyé
valser
sa voiture, rouleaux, tonneaux, hors de contrôle.

À tombeau ouvert,
le piège
s'est refermé tout de suite, rien à faire,
elle n'aurait pas
pu empêcher

sa voiture
de
PERCUTER
de plein fouet
la barrière
de la route.

C'était inévitable,
personne n'aurait jamais
pu faire redémarrer son co eur
de nouveau
car
il
avait
été
cassé
en
deux.

QUE S'EST-IL PASSÉ ?

« Pourriez-vous nous raconter ce qui s'est passé la nuit dernière ?
Avec vos mots à vous ? »

Je garde le silence.

« Étiez-vous au volant ?
Votre amie affirme que vous étiez au volant. »

Je garde le silence.

« Votre amie avait bu.
Était-ce elle qui conduisait ? »

Je garde le silence.

« Qu'aviez-vous bu, Joe ?
Est-ce que vous faisiez attention à la route ?
Est-ce que vous étiez sur votre téléphone ?
Que s'est-il passé la nuit dernière, Joe ? »

AUJOURD'HUI

VÉRITÉ (II)

C'est presque insupportable de regarder Imogen
se démener pour trouver
une issue.

Mais parfois la vérité
a des dents
qui mordent
qui laissent une trace
et voilà que ses mâchoires sont fermement
plantées,
voilà qu'Imogen est prise
dans la gueule d'un crocodile
qui l'entraine tout au fond de l'eau,
pour la noyer dans les paroles de l'avocate.

Et c'est ce qu'elle mérite. Enfin, je crois.

Mais elle se débat, elle lutte,
secouée de hoquets,
elle cherche à reprendre pied,
« Arrêtez, arrêtez de mentir,
c'était pas moi. »
« Vous savez, madame Harris »,
dit mon avocate,
« On peut faire des erreurs dans la vie,
Mais au bout d'un moment elles vous rattrapent,
Et même à ce moment-là, il n'est pas trop tard,

Il n’est jamais trop tard
Pour dire la vérité.
Laissez-moi vous rappeler

Que vous avez prêté serment ».

Mon avocate se retourne vers les jurés,
esquisse presque une courbette ;
sa robe, théâtrale, bruisse
quand elle reprend sa place.

QUI CROIRE ?

Un seul regard vers les jurés,
et je le vois bien : pas sûr
qu’ils soient convaincus.

Parfois c’est plus facile
d’être une fille dont les larmes
dégringolent comme des feuilles d’automne

que d’être un garçon à l’air coriace,
un garçon qui n’arrive pas à dire
ce qu’il voudrait, comme il voudrait.

Je ne vois pas Imogen repartir,
ça m’est égal,

je contemple le sol,
la tête entre les mains.

MAIS J'AI FAIT

des conneries,
je savais ce qu'elle penserait, ce qu'elle ressentirait.
Si je lui ai offert une bague comme ça,
c'est que c'était du sérieux, évidemment.

De son point de vue à elle
je l'ai trahie,
je lui avais menti, je l'aimais pas pour de vrai,
et elle a raison – j'avais tout gâché.

Pitoyable,
j'étais ;
et je le suis   toujours.

Pour moi, c'était fini.
Mais je n'ai pas été clair.

Parce que quand quelqu'un a besoin d'amour
et que c'est toi qui lui refuses –
mais quand même je voulais pas qu'elle dise
qu'on était fiancés.

Mon estomac se retourne, mes poings se ferment,
Ma poitrine me fait mal,
c'est ma faute.

Et je regrette tellement, tellement,
toute cette souffrance.

TROISIÈME PARTIE

AUJOURD'HUI

L'AUDIENCE EST SUSPENDUE

J'ai le droit de rentrer chez moi,
de passer la journée, enfin ce qu'il en reste,
à l'air libre,
de respirer les ombres et le soleil et les pots
d'échappement et là-bas
au loin
des gens rient.

Que m'arrivera-t-il   demain ?

Et après-demain, et après-après-demain ?
Mes pas posent ces questions
au pavé qui s'en fiche.
Je ne sais pas si aujourd'hui
on en a assez fait,
si demain je pourrai prononcer
les mots qui doivent sortir,

pour me tirer de ce filet, ou bien
si un nouveau collet se refermera sur mon cou.

Est-ce qu'ils ont cru qu'Imogen disait vrai,
et que moi je mentais ?

On esquive les cris,
les regards, les flashs,
les journalistes qui cherchent à exhiber
mes boyaux à la une
et on s'enfuit,
la main de Maman dans la mienne,
comme si on quittait une scène de crime.

TÉLÉ

Téléphone éteint,
on se coupe du monde,
on attend l'infirmière.

Ici, à la maison, il y a d'autres choses qui comptent,
comme aider, un petit peu encore, quelqu'un à respirer.

MÉDECINE

L'infirmière arrive
plus tard que d'habitude.

Papa, dans son fauteuil, attend
patiemment.

Sa peau comme du papier de soie,
tissé de veines
noires de douleur, que viennent
apaiser, un petit peu, les piqures.

Douce,
flétrie,
la main de Papa est pleine de bleus, endolorie,
elle qui était si robuste, si brune,
calleuse quand ses doigts forts me chatouillaient,
me faisaient criailler de rire,
plongés dans la peau douce sous mes bras qui s'agitaient,
il avait de la saleté sous les ongles,
saleté d'un labeur dur, honnête,
son visage fatigué mais ses yeux pleins d'amour
pour moi,

pour son petit garçon.

Autrefois il m'appelait Joey,
son bébé Joey,
toujours dans ses bras, pas en écharpe,
non, très haut, très grand, dans les bras, sur le dos,
à cheval sur ses épaules :
j'étais le roi contemplant son domaine.

Maintenant, les mauvais jours, c'est moi qui le soutiens,
qui supporte son poids,
en faisant attention, tout doucement,
mais mes mains lui font quand même mal parfois.
Les os se déplacent,

j'entends son souffle rauque,
et je partage, d'une certaine manière, son supplice.

Là où autrefois on courait,
maintenant on se traine pas à pas,
quand autrefois c'était après des kilomètres,
maintenant on s'arrête pour se reposer
au bout de quelques enjambées,
courbés en deux, le souffle court,
et pas d'avoir trop rigolé.
Il ne nous reste que de
faibles sourires –
nos regards ne se croisent pas ; ce qu'il y aurait à voir
est trop atroce.

Je ne veux pas lui mettre quoi que ce soit d'autre
sur les épaules
je voudrais pouvoir porter cela
tout seul.

« Attends que je comprenne »,
a dit Papa le jour où j'ai tout expliqué –
et il s'est incliné, ses yeux en trous de serrure.
« Tu comptes te laisser envoyer en prison
pour un crime que tu n'as pas commis,
tu comptes laisser Imogen s'en tirer
comme si de rien n'était ?
Mon fils, rassure-moi,
tu n'es pas aussi bête que ça ? »

On bouillait, dans le salon
(les radiateurs étaient toujours à fond
parce qu'il avait tout le temps froid),
j'étouffais, je n'arrivais pas à respirer,

mon père m’a pris la main, il a dit :
« Joe, enfin, ne fais pas n’importe quoi. »

Je ne peux pas rester là,
et même si je ne devrais pas,
je sors de chez moi,
j’abandonne ces autres souffrances,
à eux de les gérer tout seuls.

SEUL DANS LA NUIT

J’échoue au parc,
j’esquive les grappes de gamins,
je m’enfonce dans la pénombre
et je fais l’erreur
d’allumer mon portable.

Lumière

et les messages d’Imogen me sautent
à la gorge

aide-moi
espèce de connard –
je vais t’achever
j’ai besoin de toi
je t’en supplie aide-moi
je vais mourir

appelle-moi

je t’aime.

APRÈS L'ACCIDENT

LIBERTÉ SOUS CAUTION

Couvre-feu à 18 heures,
pas le droit de contacter Imogen,
passeport confisqué,
j'étais coincé.

J'avais toujours voulu
bien faire,
et donc j'étais foutu.

Imogen n'a pas décroché son téléphone,
et même si Maman m'avait dit de ne pas appeler,
de ne pas l'embêter, de ne pas faire de crise,
j'ai pris le portable de Maman, j'ai composé son numéro
dans le bus sur le chemin de la maison.

MAISON

J'ai voulu disparaitre à l'étage
dans ma chambre,
me laver de la cellule
de la mort
de la peur
des mensonges
m'endormir pour me réveiller
petit garçon.

Mais Papa était là
dans l'entrée,
lourdement appuyé sur sa canne,
il avait quitté son fauteuil,
son souffle lent, épais,
j'ai voulu lui dire d'y retourner,
de se rassoir,
de me laisser tranquille.
Je n'avais aucune envie d'expliquer
ce que j'avais fait.

« Bon Dieu, mon fils, mais qu'est-ce qui s'est passé ?
Qu'est-ce qui t'est arrivé la nuit dernière ?
Joe, rassure-moi, tu n'étais pas bourré, quand même ? »
J'ai secoué la tête et j'ai murmuré : « Non. »
« Bon, tant mieux, mais bordel,
ça pourrait ruiner ta vie, cette histoire-là, tu sais. »

Je suis monté dans ma chambre et j'ai claqué la porte,
je ne pouvais pas supporter de le voir.

SEUIL

Je n'étais pas censé la contacter,
mais impossible
de résister.

Personne n'a ouvert
quand j'ai tambouriné à sa porte comme un malade.

« Immie », je hurlais, « Immie, c'est moi ».
Rictus des fenêtres noires.
J'ai pris une poignée de graviers, et je l'ai jetée. Fort.

QUAND ON VEUT, ON PEUT

La meilleure amie d'Imogen, Kiran,
qui était en couple avec Dan,
a dit à Dan, qui me l'a dit ensuite,
où la trouver.
Facile.

J'ai pris le bus pour l'hôpital,
en essayant de ne pas penser à la nuit d'avant,
en essayant de ne penser qu'à une seule chose :
tout arranger,
même si c'était pas vraiment possible
de tout arranger.
Pas moyen
de mélanger les cartes,
de les redistribuer,
de refaire une partie en respectant les règles.

J'étais bloqué
de toutes parts,
impossible d'enclencher la marche arrière.

C'était le 1er janvier,
j'aurais dû être avec mes potes
à fêter la victoire
après le match,
ou chez ma grand-mère
pour déjeuner des restes,
m'endormir à moitié sur le canapé,
en rêvassant le ventre plein.

Je suis sorti un arrêt plus tôt,
j'avais besoin de marcher,

de respirer profondément
en longeant des maisons et des jardins
où personne ne me connaissait.

Mais le ciel blanc me regardait,
vitreux de pluie,
le monde entier m'examinait,
les rues connaissaient mon prénom.

Les yeux écarquillés
aux fenêtres
de la ville,
la faute me fixait,
et toute la vérité du crime
flamboyait sur ma poitrine.

HÔPITAL

Le picotement de l'antiseptique
m'assaillait les narines,
me griffait le fond de la gorge.
Un dédale de couloirs
qui n'en finissait pas –
j'errais,
perdu,
certain de ne jamais ressortir.

Un criminel qui traine,
qui sursaute,
qui esquive,

le moindre couinement de mes baskets
trahissait tout mon être.

SALLE D2

Il fallait presser un bouton pour entrer.
J'ai dit que je venais voir Imogen Harris
et ils m'ont demandé mon nom.

J'ai menti.
J'ai dit, *C'est Stefan. Stefan Harris. Le frère d'Imogen.*
Il y a eu un silence.

Puis la porte a cédé sous ma poussée.

Il se trouvait que Stefan était en vacances,
au ski quelque part avec des potes,
mais ça, ils ne le savaient pas.

INVISIBLE

Imogen était allongée sur le lit incliné,
un bras en écharpe,
une cheville bandée.
Elle avait l'air pâle,
autobronzant fané,
peau jaunâtre.
Mais elle portait son sweat préféré
et sa bague clignotait dans la lumière,
il y avait une tasse de thé près de son lit.
Elle scrollait sur son téléphone,
personne ne l'embêtait.

Elle ne m'a pas remarqué tout de suite
et je suis resté là un bon moment,
à attendre
qu'elle me voie,
à me dire
que j'avais peut-être disparu
sans m'en apercevoir
petit à petit.

AHEM

J'ai toussoté.

Elle a levé la tête,
s'est redressée,
petit cri,
« Putain, Joe, tu m'as fait peur,
qu'est-ce que tu fais ici ?
Je veux dire... »
« Je voulais avoir de tes nouvelles.
M'assurer que ça allait.
Tu répondais pas,
Tu m'écrivais pas,
Alors j'étais inquiet. »
J'ai dégluti, c'était pas très facile,
« Et toi, tu t'inquiétais pas pour moi ? »
« Oh là là, mais si, bien sûr que si,
Joey, viens ici. »

Elle a tendu le bras, celui qui était libre,
je suis resté sur place,

appuyé tout au bout du lit,
j'en avais besoin pour rester debout.

Elle a commencé à s'expliquer :

« Mais regarde-moi, regarde dans quel état je suis,
j'ai une cheville foulée, ça fait trop mal.
Et le poignet aussi.
Je pouvais pas te parler, pas avec les docteurs autour
et la police
et tout et tout
et mon père qui arrive bientôt. »

FAUTE

Je ne lui ai pas raconté que j'avais passé la nuit dans une cellule.
Je lui ai dit :

« La femme dans l'autre voiture,
tu sais,
elle est morte. »

Imogen a plaqué la main sur sa bouche,
alors que bon, quand même, elle devait bien le savoir.

« Ils m'ont fait souffler dans le ballon, Joe,
alors tu vois...
tu peux pas me demander...
je peux pas...
Je t'en supplie.

Je me sens tellement mal,
avec tous ces tubes, là,
regarde dans quel état je suis,
putain, mais non, non, non ! »

Ce que j'ai dit,
je l'ai pas dit très fort,
alors je suis pas sûr qu'elle ait entendu,
parce qu'elle criait tellement.

« Imogen, s'il te plait,
qu'est-ce qu'on va faire ? »

IMOGEN A UN PLAN

« Qu'est-ce que t'as raconté à la police ?
T'as raconté quoi ? »
« Rien.
J'ai gardé le silence. »

Je ne lui ai pas dit que j'avais laissé entendre
que je conduisais,
ni
qu'elle était bourrée,
je ne lui ai pas dit que ça faisait longtemps, à mon avis,
que quelque chose était cassé.
Son corps s'est détendu,
un petit sourire a titillé ses lèvres,
et elle m'a tendu les bras à nouveau.
« OK, merci, mon cœur,
ça me rassure trop,

je pense que toi,
tu prendras pas grand-chose,
rien, si ça se trouve –
t'étais sobre, non ?
Pas comme moi.
Ça sera juste qualifié de conduite à risques,
tu crois pas ? »

« Tu parles de quoi ? »

Sa voix est retombée,
son visage a blêmi,
elle a décoché, furieusement,
des mots bien tendus vers leur cible,
des mots pleins d'échardes de peur :
« Tu leur racontes que c'est un accident,
d'accord,
que la voiture s'est pris une flaque,
ou je ne sais quoi,
mais juste, ne me mentionne pas.
Je suis sûre que tu t'en sortiras
très bien.
Parce que moi j'ai déjà
fait ma déposition.
J'ai déjà expliqué clairement
que je n'étais pas au volant.
Joe, allez. »
Elle a posé les mains sur ses oreilles,
et a gémi :
« Non, je t'en supplie, ne crie pas. »

AUJOURD'HUI

CANICHE

À l'époque elle n'avait qu'à me siffler
et je débarquais
la queue entre les jambes,
pour lui quémander un biscuit,
pour lui mendier une caresse.

Elle croit que je vais revenir
me trainer à ses pieds.

Il est temps de garder la tête haute.
Il est temps de grandir.
Il est temps de marcher droit.

J'éteins mon téléphone,
je fais demi-tour,
je rentre chez moi.

MOTS

Il y a eu un moment, je ne me rappelle plus quand,
où le silence est devenu plus simple que les mots.
Mes mots elle les déchiquetait   d'un coup de dents.

La vérité je l'ai mastiquée je l'ai   mâchée
pendant des mois
sans oser la cracher.

LA PEINE MAXIMALE

est de quatorze ans de prison.

J'essaie de m'imaginer ce que ça ferait.
J'entrevois des Joe plus âgés,
des moi futurs.

Les gens disent
que je ressemble à mon père,
et je regarde des vieilles photos
de mes parents –
ils se sont mariés jeunes,
voilà Papa, 21 ans.

Est-ce que je serai fort comme lui un jour ?
Est-ce que je serai aussi heureux
que lui, ce jour-là,
regarde-moi ça,
la main de Maman dans la sienne.

Dans trois ans
j'aurai le même âge,
et je ne veux pas penser
à tout ce que la prison
pourrait changer
à l'homme que je voudrais être.

PAPA

Son état ne s'améliore pas
mais on ne peut pas
se plaindre

parce que déjà, il est vivant,
ce qui est un petit miracle,
dit Maman.

Elle va à la messe tous les dimanches,
se met à genoux,
et je sais que je devrais
le faire aussi,
même si je ne crois en rien.
« Ils lui avaient donné deux ans, Joe,
il a déjà déjoué les pronostics,
et si jamais il guérissait ?
J'ai le sentiment que c'est possible,
tu sais. »

Je suis content qu'on soit dans le noir :
je ne vois pas son visage
ni l'espoir dans ses yeux,
espoir menteur, nous le savons tous les deux.
La télé envoie
les lumières vives du film
que j'essaie de regarder
en évitant les si, les mais,
les peut-être, les on ne sait jamais.
Je voudrais tant avoir des certitudes.

« Si tu t'en sors, Joe »,
dit Maman,
« je te promets qu'on partira.
L'argent, je le trouverai,
on partira en vacances pour de vrai ».

Je lui prends la main
comme un enfant.

APRÈS L'ACCIDENT

NÉGOCIATIONS

On a reçu un coup de fil une semaine plus tard :
une convocation
au commissariat.

La nausée dans la salle d'attente,
Maman près de moi qui farfouille dans son sac,
qui en tire
des liasses de tickets de caisse,
cherche frénétiquement quelque chose à faire
pour se distraire.
Si elle avait pu rentrer dedans, elle l'aurait fait.

Elle a trouvé un paquet de bonbons,
me l'a tendu
les mains tremblantes,
j'aurais voulu la prendre dans mes bras
lui dire ça va aller,
ça va bien se passer, t'inquiète pas,
mais je ne voulais pas ajouter des mensonges
à des mensonges.

Ils m'ont enfin convoqué.
Homicide Routier,
disait la fiche.
J'ai hoché la tête, j'ai accepté
cette qualification.

Maman était droite comme un i,
le visage figé par la peur,
comme quand on attendait avec Papa
le verdict du docteur.

On s'est assis
et elle s'est mis la tête
entre les genoux.

La main sur son dos,
j'ai senti ses omoplates comme des couteaux
à travers son manteau
et j'ai vu ma mère écrasée
par cette charge en plus
de tous ses autres fardeaux.
« Pardon, Joe »,
elle a croassé.
« C'est juste que
j'avais pas encore réalisé –
et je ne sais pas
ce que je vais faire,
oh, mon Dieu,
et maintenant, Joe, et maintenant quoi ? »

COUARD

Ça veut dire lâche, pleutre, poltron.
Origine (vieux français) : de *cuard*, *Queue*,
Un animal avec la queue entre les jambes.
Apparemment, c'était moi,
Ridicule, rabougri, ratatiné, réclamant
Des coups de pied au cul.

TERMES NON RESPECTÉS

Il fallait que **je** voie Imogen,
je **ne** pouvais pas faire autrement –
j'avais rechargé mon vieux portable,
récupéré une nouvelle carte **S**IM,
elle m'appelait, m'écrivait des messages,
vo**u**lait me fa**i**re **s**igner avec mon propre sang

un serment : celui d'échanger
ma vie contre ses contre-vérités.

Je l'ai retrouvée au parc.
Côte à côte sur les balançoires,
on frissonnait
dans les cliquètements des chaines,
et je filais des coups de pied à la poussière.

« Joe, s'il te plait,
arrête de me balader,
tu vas dire quoi, alors ?
tu vas dire que
c'est ta faute ? »

Elle a mis sa main dans la mienne.

« Écoute, je suis désolé. »
J'allais la laisser tomber.

« Attends, Joe,
tu m'aimes toujours,
ou **pas** ? »

Le temps s’est allongé, les secondes ont duré
des heures,
et puis,
j’ai menti :
« Oui, bien sûr. »

« Bon, alors viens, on fait un truc bien,

on va chez moi. »

Elle m’a tiré de la balançoire,
trainé sur tout le par**c**,
il c**o**mmençait à faire nuit
et elle m’a pris contre elle
po**u**r voler ma chaleur,
remplir mes poches de ses mains.

Il n’y avait **p**ersonne
chez Imogen.

On s’est mis d**a**ns son lit tout nus,
côte à côte, je ne **b**andais pas,
elle ne se moquait pas.

Elle a **l**evé son portable
et a pris une photo de nous
qu’elle m’a **e**nvoyée directement.

« Garde-la toujours, pour bien comprendre
que t’es mon homme », elle a dit.
« Sans toi,
je ne saurais pas qui je suis. »

MAIS

son amour il était devenu fin
comme du papier,
j'aurais pu facilement le déchirer,
le mettre dans ma bouche,
le réduire en jus
grisâtre, le recracher ensuite.

Elle avait beau dire, elle avait beau
prononcer les mots,
ça ne nous rendait pas notre réalité.

Entre nous deux il n'y avait plus rien.

TRACE

Je suis rentré chez moi
les poings toujours serrés
à force de penser
à cette nuit
où une femme était morte.

J'ai préparé une tasse de thé à Papa
et puis je suis monté
parce qu'il fallait que je me prépare
à crier au monde que je n'étais pas coupable.

Je suis resté devant mon téléphone à contempler
la photo qui prouverait
que ce n'était pas moi qui conduisais.

Nos ceintures de sécurité
nous avaient laissé une trace sur la peau –

et sur ma peau à moi, le bleu était
contre mon cœur,

un bleu que personne n'avait demandé à voir.

PREUVE

J'ai envoyé un message à Imogen
et je suis resté
dans ma chambre, à attendre
nerveusement sa réponse.

Ce selfie-là était une preuve
qu'elle ne pourrait pas contester.

Elle a fini par répondre
comme si de rien n'était,
comme si tout cela était un jeu.
qu'est-ce que tu insinues, Joe ?
tu veux venir ici
me le dire en face ?
J'ai lu sa réponse, puis j'ai tapé
fort,
la langue entre les dents,
en essayant de ne pas mordre.

Imogen, déconne pas,
c'est pas une blague, là
non mais je suis sérieuse bébé
viens ici j'ai encore envie

Imogen, sérieux,
il faut qu'on aille voir la police
ça certainement pas
c'est pas une preuve
on va voir ce qu'en pense mon avocate
c'est une menace ?
non, il ne me semble pas
ah bon ? parce que de mon point de vue
on dirait
je ne peux pas mentir devant un tribunal
pourquoi tu ne veux pas juste
dire la vérité ?
je vois pas de quoi tu veux parler
si, tu vois très bien
va te faire enculer

INSOMNIE

Grêle de graviers contre la vitre.
Je suis resté couché,
hors de question de me lever
ni même de dresser la tête.

Je me suis persuadé que c'était le vent.
La pluie.
Mon imagination.
Un fantôme.

J'ai fermé les yeux et j'ai dégringolé
dans le passé,
agrippant mon oreiller, mes draps,
crissant des dents

contre
le sang
contre la mort.

SURPRISE

Le lendemain, au petit matin,
Imogen était
chez moi, sur le perron.
Heureusement que Maman était au travail.
Heureusement que Papa dormait.
Ils m'avaient dit de ne pas la contacter,
de ne pas enfreindre les termes de ma libération
conditionnelle.

Elle était plantée là à attendre,
toute chiffonnée comme quelqu'un qui n'a pas dormi,
comme si elle était malade,
et que c'était moi qui lui faisais mal.

« Qu'est-ce que tu fais là ? »
« On peut parler ? » elle a imploré.

Elle m'a suivi jusqu'à ma chambre,
le doigt accroché à mon jean
et on s'est assis sur mon lit

sans se toucher.

Je me suis laissé glisser jusqu'au sol
pour ne pas voir son visage,

j'ai appuyé mon dos contre le mur
et j'ai attendu

qu'elle m'explique pourquoi elle était venue.

Elle a commencé,
« Alors tu vas tout leur raconter ? »
« S'il le faut, si tu le fais pas toi-même. »
« Mais Joe… »
« Non, écoute,
je peux pas faire ça à mes parents. »
« Joe, je vais aller en prison. »
« Mais non, t'as dix-sept ans. »
« Ah oui, OK, je vois, t'as tout prévu. »
« Bien sûr… »
« Arrête d'être un gros con. »
« Imogen, c'est pas comme si
je faisais ça pour te blesser… »
« Et tu fais ça pour quoi, alors ?
Pour ruiner ma vie ?
Je vais me tuer. »
« Non. »
« Non quoi ? Dis pas la vérité, alors. »
« C'est pas juste.
Avoue.
C'était toi. »
« T'es un putain de connard. »
« Non, c'est pas vrai.
Je t'ai aimée,
Immie, pendant si longtemps,
mais maintenant… »
« Oui, maintenant quoi ? »
« Maintenant, eh ben
tu te débrouilles. »

DOULEUR

Ça y est, je nous avais
achevés, cette fois,
d'un coup sec, sans conteste.

J'étais incapable de la regarder,
incapable de croiser
ses yeux,
alors j'ai juste murmuré :

« Il faut que je pense un peu à moi pour changer,
à ma mère, à mon père,
à mon avenir, à ma vie.
Je veux pas me retrouver avec un casier,
je veux pas aller raconter des mensonges.
On était bien ensemble, au début,
mais maintenant c'est fini.

Imogen, tu te souviens comme c'était, avant ?
Il n'en reste plus rien, je crois. »

Mais ensuite
j'ai vu sa douleur, ses yeux d'où ruisselaient
des larmes comme du sang.
« Bon, ben je vais devoir m'en remettre »,
elle a craché, et ces mots-là,
c'était les miens, des mots d'il y a si longtemps.

TOC, TOC

Il était un peu tard pour une visite – j'ai jeté un œil à Maman,
elle a mis le film en pause pour aller ouvrir la porte.

Le père d'Imogen était sur le perron,
sa voiture était garée juste devant, les roues sur le trottoir,
presque collée à la maison, comme s'il avait peur
de se la faire piquer.
Une ombre était tassée sur le siège à l'arrière
et mon cœur a bondi, parce que je savais
ce que ça signifiait.

D'un clic, M. Harris a verrouillé les portes,
hoché la tête sans attendre qu'on l'invite à entrer,
il s'est juste incrusté d'un coup d'épaules, tranquille.

Il remplissait l'espace de sa voix, de sa hauteur,
et Maman s'est redressée, prête à se battre.

« Que nous vaut cette visite ?
Est-ce que vous avez le droit d'être là, d'ailleurs ? »

M. Harris ne s'est pas démonté ;
il a opiné, articulé :

« Je viens vous faire une suggestion,
Laissez-moi vous en parler un peu –
Ce problème actuel,
Entre votre Joe et ma petite fille,
C'est le bordel, je sais bien,
Mais je vais vous demander de réfléchir.
J'ai une petite offre à vous faire
Qui saura peut-être vous séduire.
Si Joe plaide coupable,
Nous pourrions trouver un arrangement. »

« Un arrangement ? »
La voix de Maman a fusé

dans l'espace qui les séparait, et il a reculé
comme si elle lui avait craché dessus.
Papa a commencé à remuer,
il a ouvert les yeux,
contemplé notre visiteur.

« Un arrangement ? » il a soupiré.

« Bonsoir », a dit M. Harris à mon père,
et il lui a tendu la main
sans résultat.
« Je suis bien désolé de vous voir
Toujours aussi malade,
Et je suis sûr qu'un peu d'argent
Pourrait aider à régler des factures,
Ça ne doit pas être facile
De vivre ainsi.
Si Joe va en prison, comment vous en
sortirez-vous ?
Peut-être me permettrez-vous de vous offrir
mon aide.
Enfin, seulement si Joe modifie ses
déclarations,
Je veux dire par là, bien sûr,
S'il plaide coupable. »

« Joe n'ira nulle part », a dit Maman en lui riant au nez.
« Et je n'arrive pas à croire que vous soyez venu ici –
vous devriez avoir honte.
Pas étonnant que votre fille
ait aussi mal tourné.
Peut-être que si vous l'aviez
élevée correctement,
elle ferait la différence

entre le bien et le mal
et on ne serait pas dans cette situation.
Mon Joe n'a rien à se reprocher,
il a juste fait ce qu'il pouvait. »

Harris a plissé les yeux et observé ma mère
comme si c'était un truc infect,
une trainée de jus de poubelle –
je savais bien ce qu'il avait pensé
même avant d'ouvrir la bouche :
il était dégouté que sa fille
ait pu poser le pied dans cette maison.

« Votre fils est un merdeux,
il a manipulé ma petite fille.
C'est un bon à rien.
Et maintenant elle a le cœur brisé,
elle souffre à cause de lui,
elle n'en dort plus,
elle va rater ses examens,
elle ne mange plus rien.
Son avenir est en péril.
Et lui, il s'en fiche.
Les gens comme vous
sont infoutus
de se comporter dignement.
Vous êtes de la racaille, vous m'entendez ? »

« Sortez d'ici », a tonné Maman,
en collant son visage contre le sien.
« Sortez de chez nous.
Espèce d'ordure. »

Harris, pâle, les yeux
cernés de noir, mal rasé,

l'a insultée en retour, des insultes odieuses,
et puis il a fouillé dans une poche,
clairement il voulait pas laisser tomber,
pas nous laisser tranquilles,
pas laisser passer l'occasion.
Mais avant qu'il ne puisse en rajouter,
Imogen est apparue dans l'ombre de l'entrée.
« Papa, allez, viens, on y va,
pas la peine,
ça sert plus à rien,
de toute façon. »

« On se reverra au tribunal »,
a vociféré Maman dans leur dos.
« Vous serez gentils
de refermer la porte
en sortant. »

AUJOURD'HUI

CHANTS D'OISEAUX

Le réveil sonne strident,
scindant sec mon sommeil,
c'est le printemps et son appel urgent.

Je sais
ce que j'ai à faire :

être sincère,
chanter la mélodie que je dois chanter.

J'ai à peine dormi
quelques heures cette nuit,
et ces quelques heures-là
j'ai rêvé
de Stephanie.

La culpabilité
ne me quittera jamais.

TÔT

Allongé sur le lit
dans le soleil qui glisse à travers les persiennes,
j'entends des bruits
qui me murmurent tendrement
que je ne suis pas seul.

La radio de Maman chantonne,
et deux voix –
celle de Maman, celle de Mamie –
sonnent comme des réponses à la question :
ça sert à quoi,
le courage ?

La sonnette de la porte d'entrée, et j'entends
des amis arriver,
Annie et Dan,
qui restent à mes côtés,
qui savent qui je suis.

Je m'étire, je bâille,
et la main sur le cœur
pour le faire ralentir
je me prépare à la dernière épreuve.

ADIEUX

J'essaie de ne pas imaginer ce que ça ferait
de ne pas rentrer chez moi ce soir.

Hier planté là dans ma chambre
je me suis retenu de pleurer.
Et me voilà à me repeigner,
à redresser mon nœud de cravate.

Pendant quelques instants
je contemple mes affaires,
mon bureau où s'empilent
des livres et des dossiers,
la lettre de la fac qui me propose une place,
les tas de cahiers, les efforts que j'ai faits
pour m'offrir un avenir que je n'aurai peut-être
jamais.

Une photo de moi et de mes parents,
d'autres d'Annie et de Dan,
de mon équipe, de tous mes potes,
seulement les bons souvenirs, rien de mauvais.

Je m'habille lentement,
empli de gratitude pour les
petites choses que j'ai appris à remarquer :

une serviette douce,
des vêtements chauds,
un lit propre.
J'éteins mon téléphone –
je n'en peux plus, de ses messages.

ANNIE

Je lui avais dit de ne pas venir
mais la voilà
dans la cuisine avec Maman
à préparer le thé,
des sandwichs au bacon,
à sourire, comme si c'était
un matin comme les autres.

Je comprends l'idée,
et l'intention derrière,
elle fait ça pour aider.

Mais c'est pas juste.

On est là, dans le jardin,
je contemple le ciel clair –
l'été est presque déjà arrivé,
son souffle tiède balaie notre peau.

Et c'est là
que je dis,
« Écoute, Annie, tu sais,
si je finis au trou,
ne t'inquiète pas pour moi, ça ira ».

Elle me sourit et remue la tête :
« Hors de question,
tu n'as même pas le droit de penser à ça.
Joe, tout le monde s'attend
à ce que tu reviennes ici ce soir.
On croit en toi, OK ?
Alors la ferme. »

AMIS

La porte du jardin s'ouvre à la volée.
Dan surgit, fait une tête, le ballon fuse, je le renvoie,
Annie nous regarde,
vient tacler Dan alors qu'il fait pas gaffe,
l'envoyant valser sur le sol,
et on rigole
de la voir lui tendre la main pour le relever.

Annie, c'est quelqu'un de bien.

Je l'aime fort, Annie Brown,
elle aussi, elle m'aime fort.
Si seulement tout le reste
pouvait être aussi simple.

Je prends mon téléphone,
je le rallume,
encore un message
que je vais devoir effacer.

> ***Joey, on oublie ce qui s'est passé hier,***
> ***on oublie tout ce bordel,***
> ***je sais que je peux te faire confiance***
> ***pour tout, pas vrai ?***
> ***genre tout, genre toute ma vie***
> ***je sais que tu vas pas me faire de mal, au final***
> ***et peut-être qu'après ça on restera amis ?***

Je tends l'écran à mes amis
et je me bouche les yeux et les oreilles
pour ne pas voir leur expression
ni les entendre cracher du feu.

« C'est totalement inacceptable, Joe,
c'est illégal,
il faut que tu la dénonces,
il faut que tu t'assures
que personne ne la croie,
que personne dans ce tribunal
ne tienne pour vrai
le moindre de ses mots.
Putain, t'aurais dû la faire arrêter,
c'est du chantage affectif, tu réalises ? »

Je sais que c'est vrai,
je sais qu'ils sont de mon côté,
je sais ce que j'ai à faire.

Et ce sera pour bientôt.

CONFIANCE

« Tu me fais confiance ? » m'a demandé Imogen, il y a longtemps,
sur la glace – premier date –
quand elle me tenait la main,
et moi je vacillais,
je perdais pied,
c'était un rêve dont je ne me serais jamais cru digne.

Même à l'époque je savais déjà
que ma réponse avait de l'importance.
Je me suis demandé
si elle me regarderait tomber,

suffoquer dans le froid,
laisser le plumage de glace
se repaitre de ma chaleur.

Je crois que je savais déjà
que personne n'est jamais
sincère
à cent pour cent.

Mais j'ai ri, et je lui ai dit,
« Bien sûr que je te fais confiance,
évidemment ».

RETOUR AU TRIBUNAL

C'est vrai que bon, si j'étais à leur place
moi aussi j'irais lire dans la presse
toutes ces histoires,
moi aussi j'irais croire
que ce mec est coupable,
et vraiment pitoyable
de tenter de rejeter la faute sur quelqu'un d'autre.

Ils vont parler de mon allure, de mon costard de pauvre,
ils vont parler de mes parents,
ils vont dire ce type est mauvais, c'est tout,
il a ça dans le sang.

Mais je soutiens leurs regards, à tous,
les journalistes, la foule,
moi je connais la vérité,
je vais la crier haut et fort.

C'est l'heure de ma défense,
l'heure de dire l'indicible.
C'est l'heure de faire la différence,
de faire changer d'avis tout le jury.

Faire entrer la lumière,
ouvrir grands les rideaux.

PREMIER TÉMOIN DE LA DÉFENSE

DANNY

« Monsieur Gill,
Depuis combien de temps connaissez-vous l'accusé,
M. Goodenough ? »

Mon avocate sourit d'un air encourageant.
Danny, le visage rouge, semble un peu mal à l'aise,
étranglé par sa cravate.

« Depuis assez longtemps pour savoir
que c'est un mec bien. »

« Ah oui ? » reprend mon avocate en l'enjoignant à continuer.

« Ben je veux dire,
on est potes depuis qu'on est petits,
on joue dans la même équipe,

on traine, ça fait des années
qu'on fait tout ensemble. »

« Mais dites-nous quand ça a changé.
Qu'avez-vous ressenti
Quand Imogen Harris est entrée en scène ? »

« Hmm, au début ça allait,
elle était cool, enfin plus ou moins,

et puis tout a changé,
Joe a commencé à sortir de moins en moins.

C'était genre si Imogen disait *saute par la fenêtre*
il était là *OK de quel étage ?*
Quand je lui demandais si ça allait,
il mentait, il disait *ça va*.

On a tous compris que c'était chelou
quand il a laissé tomber l'équipe
parce que le foot c'était sa vie,
il est trop fort.

C'était pas son genre
de manquer un match,
d'éviter ses potes
juste parce qu'il était "amoureux". »

Dan fait des guillemets avec les doigts
et lève les yeux au ciel,
comme si l'amour ou je sais pas quoi c'était une blague,
un gros tas de conneries.
Depuis qu'il n'est plus avec Kiran,

il a changé,
il est plus cynique, plus aigri,
il dit les filles elles sont folles.

Il croise les bras,
toise mon avocate
qui sourit,
« Merci, continuez, je vous prie ».

Dan termine :
« Oui, ben donc, Joe a changé, voilà. »

« Pardonnez-moi, Votre Honneur »,
intervient le procureur.
« En quoi ce témoin est-il pertinent ?
La cour a-t-elle besoin d'entendre
Toutes ces absurdités dans le moindre détail,
Je me permets de noter que nous sommes dans un
tribunal. »

Les jurés ricanent
et j'essaie de ne pas douter,
mais mes épaules me font mal
à force de garder
le dos droit.

Mais c'est la vérité,
parfois Imogen voulait qu'on reste collés.
Mes potes se foutaient de moi.

Le petit chien-chien d'Immie.
Ouh, elle va le mettre au coin.

Je savais jamais
quand c'était trop,
ou pas assez.

Mon avocate continue,
l'air dégagé, léger ;
et elle plante un couteau pile poil
là où ça fait mal.

« L'intérêt de tout ceci, monsieur Gill,
Est de signaler à la cour, s'il vous plait,
Si vous pensez que Joseph serait capable
De se déclarer coupable
D'un crime qu'il n'a pas commis
Si sa petite amie,
Mme Harris,
Exigeait qu'il le fasse ? »

« Totalement,
oui, c'est triste, c'est clair,
mais Joe a changé,
il faisait tout ce qu'elle lui demandait,
c'était genre elle avait un pouvoir bizarre
et Joe était plus le même.
Il l'aimait, OK, mais il aurait pas dû
dire que c'était sa faute.
Imogen elle est toxique,
c'est une menteuse pathologique,
tous les mecs pensaient ça,
mais Joe il fermait les yeux,

il pétait un câble quand je lui disais
qu'il fallait qu'il fasse gaffe. »

VÉRITÉ (III)

Je ne pense pas que les jurés
croient un seul mot de ce que dit Dan.
Ils savent que c'est mon meilleur pote,
et la manière dont il parle d'Imogen,
c'est dérangeant,
j'aime pas trop ça.
C'est pas seulement sa faute à elle.
J'étais nul moi aussi.

Mon avocate lui fait signe de continuer
avec un sourire.

« Kiran Sawar, votre ancienne petite amie,
A dit devant la cour
Qu'elle avait vu Joseph Goodenough
Prendre le volant de la voiture
Pour quitter votre soirée cette nuit-là.

Monsieur Gill, voulez-vous dire à ce tribunal, s'il vous plait,
Si c'est la vérité ?
Si c'est ce qui s'est passé ? »

« Non. C'est un mensonge.
Kiran était avec moi.
On était à l'étage
dans ma chambre, à l'arrière de la maison.
Elle n'aurait rien pu voir,
c'est des conneries tout ça. »

Dan dégage une impression de force.
La défense, c'est son truc,
et là il a trouvé ses marques,
il argumente, il s'incline
pour aller chercher la balle,
la renvoyer dans les gradins,
protéger le gardien
sous les applaudissements des fans.

Mais l'accusation insiste :
l'un des deux ment forcément,
peut-il prouver ce qu'il avance ?
Ils pensent qu'ils l'ont piégé
sans trop forcer.

« Elle ment et puis c'est tout. » Dan parle fort,
fier, fou.

        « Alors votre petite amie est une menteuse ?
        Elle a inventé toute cette histoire ? »

« Bah oui. C'est mon ex.
C'est des conneries, mec.
Les deux, elles sont dingues.
Ne croyez pas un mot de ce qu'elles racontent. »

MESSAGES

On montre aux jurés des éléments
qui me font me ratatiner
sur mon siège,

je ne supporte pas cette faiblesse
qu'ils vont voir.

Imogen, je t'en supplie,
je veux pas mentir.

Comment ça mentir ?
Allez, Joe
T'es un grand garçon
T'as des couilles, fais ton temps.

Non, je refuse d'aller en prison

Ça va aller

Imogen, s'il te plait,
m'oblige pas à faire ça,
m'oblige pas
dis que c'était toi

Personne ne te croira,
Joe, même si tu vas raconter ça

Mais j'ai peur

T'es un fragile putain

Et mon père

Ça ira, ton père

Et ma vie

Tu finiras bien par sortir

Je peux pas faire ça

Mais si, tu peux

« Preuves irrecevables. »
L'accusation semble s'ennuyer.
Ces messages ne prouvent rien
à part que je suis terrorisé.

RAPPORT DE TOXICOLOGIE

qui m'innocente

d'une chose au moins,

en prouvant au jury
que je n'étais pas soul cette nuit-là,
je ne suis pas si mauvais que ça,
je ne conduis pas en état d'ivresse.

Mais quand même j'ai pris la voiture
parce que je voulais me la péter,
et j'ai menti à la police.

Je n'ai pas dit la vérité.

J'ai laissé tomber Imogen
je l'ai abandonnée toute seule avec sa peine.
C'est ma faute tout ce chaos.
Il faut bien que je paie.

MON TOUR

Je prête serment,
et puis j'attends,
les jambes tremblantes.

Le visage du juge est ridé,
âgé,
comme s'il avait tout vu, tout entendu
mille fois déjà,
et que j'étais juste un petit con de plus
à envoyer au trou.

SI SEULEMENT

Je pouvais tout recommencer.

Si seulement je ne l'avais jamais remarquée,
Si seulement je n'avais jamais tenu sa main.
Si seulement je ne l'avais jamais embrassée,
aimée,
regrettée.
Si seulement je n'avais jamais cherché – à m'engluer,
les doigts-ventouse, si fort, à cette fille-là.
Elle aussi elle aurait été bien mieux sans moi,
sans nos conflits,
on aurait grandi un peu plus droit,
et aujourd'hui,
on vivrait chacun notre vie.

PLAIDEZ-VOUS COUPABLE OU NON COUPABLE ?

Je prends une grande inspiration
et puis bien droit, les épaules en arrière,

j'y vais.
Je les regarde dans les yeux.
La femme avec les cheveux rouges.
Un mec à la cravate aux couleurs de mon équipe.
Un autre au visage si strict qu'il me coupe le souffle.
Un type de mon âge, penché vers moi, attentif.

La vieille dame à lunettes, hautaine et grincheuse.
Le hipster,
La gothique,
La grand-mère,
Le prêtre,
L'homme à lunettes et celui à la barbe grise,
La femme enceinte, les yeux remplis de larmes.
Cette rangée de gens qui ont ma vie entre les mains.
Ces douze-là, un par un,

je les regarde dans les yeux,
et je leur dis –
en toussotant,
en toussant,
puis clair comme un son de cloche,

JE PLAIDE NON COUPABLE

(alors pourquoi je me sens aussi coupable, putain ?)

ALTERNATIVES

Je me force à lever les yeux
et à regarder la famille de Stephanie.

« Je suis désolé », je leur dis,
comme si on était seuls dans cette salle,
j'essaie que ça sonne fort,
je voudrais qu'ils m'entendent,
et avant que la moindre question puisse m'être posée,
je donne tout ce que j'ai.

« Du – du – du fond du cœur,
je suis désolé.
Je veux que vous sachiez
Que ce qui s'est passé
C'était atroce
J'ai jamais voulu que les choses se… »

« Monsieur Goodenough », tonne le juge pour me faire taire,
« Silence, pas un mot,
il vous faut obéir
aux règles de la cour ».

D'accord, mais jamais je ne pourrais laisser croire
que Stephanie n'a pas d'importance.
Je ne suis pas fier du rôle que j'ai joué,
et sa famille mérite mieux que ça.

Le visage de mon avocate m'apprend
que j'ai pas intérêt à recommencer.

« Pouvez-vous nous dire ce qui s'est passé,
Avec vos mots à vous,
Tout ce que vous savez,
Prenez votre temps, Joe,
Soyez aussi précis que possible,
Ne passez rien sous silence,
Rappelez-vous : chaque détail a son importance. »

MON HISTOIRE I

MON HISTOIRE II

« Mes parents étaient partis.
Ils étaient à l'étranger,
mon p-père allait p-pas bien,
on pensait que ça pouvait aider. »

(Je les ai vus partir
Maman si minuscule
Papa les pouces en l'air
comme si tout
allait bien se passer.)

Je déglutis   j'inspire
Je prends   mon temps
Même si ça me donne l'air idiot
Même si ça me donne l'air lent
Mais les secondes s'écoulent
Et moi je me sens pas bien.

(Regarde ce mec
avec sa perruque,
sa robe,
dans les starting-blocks,
il veut gagner la course.

Oh, sortez les violons, il
va hurler.
Rien à voir avec notre
affaire.
Ça suffit.
Je continue à bégayer
pour l'empêcher de
m'interrompre.)

« Imogen a logé chez moi
pendant qu'ils n'étaient pas là
mais quand ils sont revenus,
elle a dû rentrer chez elle. »

                                                  (« Laisse-moi rester, Joe »,
                                                  elle avait dit,
                                                  « je t'en supplie,
                                                  je veux pas
                                                  y aller –
                                                  viens avec moi »,
                                                  elle implorait.
                                                  « Je ne peux
                                                  pas rester
                                                          toute seule. »)

                                                          (Je l'ai laissée
                                                                  derrière,
                                                          je pensais
                                                                  à mon père,

                                                          je m'effilochais
                                                                  comme de la laine
                                                          tendue, tirée,
                                                                  jusqu'à se briser.)

« Donc voilà, c'était dur,
en plus on se disputait,
j'aurais voulu pouvoir faire différemment
mais Im était à fond. »

                                                  (Je l'ai conduite jusqu'à chez elle,
                                                  j'ai transporté toutes ses affaires

dans la maison, c'était
vide, c'était sombre,
ça puait comme s'il y avait
un cadavre
quelque part.
Il n'y avait personne,
et j'ai nourri le chat,
j'ai allumé le chauffage,
je lui ai fait un thé,
j'ai fait comme si
tout allait bien,
et puis je suis rentré.)

« À fond ? Joseph, je vous prie
De bien vouloir nous expliquer. »

« C'était juste excessif, en fait.
J'avais des tas de trucs à faire,
le lycée, le boulot,
être un bon fils pour mes parents,
et Im, elle comprenait pas ça.

(Messages en plein milieu
de la nuit,
coups de fil en plein boulot,
et puis elle me plantait
quand on était censés
se voir.)

J'ai essayé de tout concilier,
je lui disais : tu es toujours la bienvenue,
Maman a fait un rôti, viens,
Papa est debout,

sorti de son lit,
Mamie est venue,
on va fêter
ma lettre d'admission
à l'université... »

(Je regardais la pendule –
21 h 30,
je faisais la vaisselle
dans la maison sereine et
silencieuse ;
j'ai regardé par la fenêtre
pour apercevoir les étoiles,
et je l'ai vue, elle,
assise
sur le perron,
la tête entre les mains.)

J'observe le jury,
je veux voir si je les ai un peu impressionnés,
un peu surpris
de me trouver différent
de ce qu'ils croyaient.

(« T'es en retard », je lui ai dit,
mes mots tout tremblants
dans le noir,

elle a haussé les épaules,
s'est levée,
s'est retournée,
est repartie.)

Mon avocate essaie de me ramener
aux points les plus cruciaux
de mon discours.
« Et donc, Joseph,
Votre relation
Battait de l'aile ? »

« Oui, enfin je veux dire,
je crois qu'on avait fait le tour,
il se passait plein de choses,
nos chemins se séparaient,
c'était Noël,
elle est partie chez son père,
elle m'a demandé de l'accompagner,
mais c'était pas possible, vous comprenez,
ce Noël-là, c'était peut-être le dernier
que je pourrais passer avec mon père. »

(Ouverture des cadeaux
et le sourire de Papa
en découvrant le mien :
une photo de nous
il y a dix ans
imprimée
en grand,
moi en maillot de foot,
genoux terreux
large sourire
sur les épaules
de Papa,
perché tout là-haut
là-haut.)

Je m'interromps
pour lire l'expression de mon avocate
qui me fait signe de continuer,
de montrer au jury la vérité.

DERNIÈRE SOIRÉE I

DERNIÈRE SOIRÉE II

« Le 30 décembre au soir
on est sortis,
je voulais lui parler,
et tout régler.

(J'étais trop
con
de croire que ça pourrait changer,
mais moi je croyais que je l'aimais
toujours,
je refusais la douleur
de la rupture,
même si Papa disait :
« Dis-lui que c'est fini, fiston,
mets tout ça derrière toi,
pense à ton avenir,
tu es beaucoup trop jeune
pour t'enchainer, Joe,
dis-lui que c'est terminé.)

Ça n'a pas marché. »

(Diner aux chandelles
à engloutir du pain aillé
tout seul

au restau italien du centre-ville –
chaussures chics,
coiffure de mec stressé,
trop de parfum,
assis à transpirer,
à regarder mon téléphone.)

« Elle n'est pas venue ? »

(Peut-être qu'il s'était passé
quelque chose
de grave,
si ça se trouve –
je gigotais sur ma chaise,
est-ce qu'il fallait que j'aille
la chercher,
ou attendre, ou lui envoyer
un nouveau message...)

« Si, enfin elle est arrivée en retard,
du coup encore une crise,
en gros, c'était fini,
enfin, c'est ce que je croyais,
après la soirée. »

(Son rouge à lèvres tout étalé
comme si elle avait passé
l'après-midi
à embrasser un autre mec,
les yeux injectés de sang,
elle s'est moquée de moi
quand je lui ai fait remarquer
qu'elle était en retard,

« Pauvre bébé »,
elle a persiflé,
« Va te faire foutre, j'en ai plein
le cul de tout ça »,
j'ai dit, et ça l'a fait pleurer.)

(J'ai posé mon cadeau, la bague
qu'elle m'avait demandée,
sur la table,
et je suis parti.
Pourquoi j'arrivais pas à lâcher
prise,
même pas un petit peu ?)

BAGUE

Par cette alliance,
symbole de notre – de notre quoi ?

Pas de notre amour, non.
Peut-être de notre haine.

Ça devenait difficile de différencier
ces deux extrêmes.

Pourquoi je l'ai posée sur la table ?
J'aurais pu la garder, en secret, en sécurité,
au fond de ma poche,
la retourner au magasin,
rembourser le crédit
et rompre, en un seul geste.

Mais je l'ai déposée sur la table,
comme un symbole de mon dégout.

Ces diamants détritus,
ces dorures destructrices,
ce copeau de métal seul rescapé de nos pertes.

RÉVEILLON I RÉVEILLON II

« Mais ensuite le soir du réveillon,
elle a demandé pardon.

(Enfin, elle m'a envoyé un
je t'aime
et
ça m'a fait pleurer.)

Je suis allé la retrouver pour tout
faire dans les règles, comme un homme.

(Elle était
surexcitée,

Mais quand je suis arrivé,
elle m'a lancé,

"Oh, Joe, t'es adorable,
tu m'as acheté la bague,

la bague au doigt,
elle ne m'écoutait
pas.)

elle est trop belle, mon cœur,
alors, ça veut bien dire ce que ça veut dire ?"

J'ai gardé le silence,
tenté de trouver les mots,
et puis j'ai reculé :
"Non, ça ne veut pas dire ça."

(Elle ne m'écoutait pas,
elle dansait,

pleine de rires, tout près,
en m'enlaçant,
en m'embrassant,
pas du tout d'humeur à se
disputer.

Je connais toutes ses chansons,
toutes ses répliques,
je suis son rythme,
je suis sa rime,
je suis à elle, par cœur, par cœur,

et encore aujourd'hui
je ne sais pas vraiment
où je finis,
où elle commence,
même aujourd'hui je suis
trop bien noué
à elle, attaché, emmêlé,
elle peut dire n'importe quoi,
je n'arrive pas
à couper ces liens

qui m'étranglent, me réduisent
au silence.)

Je voulais qu'on discute,
qu'on mette un point final,
mais elle n'écoutait pas,
c'était peine perdue ».

(Je me suis allongé, j'ai abandonné,
je me suis laissé avaler par
ses coussins,
sa couette,
ses nounours, ses écouteurs,
ses affaires éparpillées. Parmi
ses possessions,
ses choses,
je ne dépareillais pas.

« Tu m'as manqué », elle m'a dit,

et ça, c'est ce qui m'a fait
le plus mal.)

CRISE I

CRISE II

« Pouvez-vous s'il vous plait
Nous raconter la soirée qui a suivi.
Détendez-vous, Joseph,
Prenez votre temps. »

J'ai peut-être l'air
nerveux, sur le point de craquer –
mon avocate parle lentement
comme pour me calmer,

elle ne veut pas que je ruine
tout ce qu'on a déjà fait,
je sais qu'il va falloir que je me concentre,
mais comment ?

« On est allés à la soirée,
je   croyais que ça irait,
qu'on resterait un peu, et puis
                    que je rentrerais,
et que tout ça se règlerait,
                    je sais pas trop comment,
que j'arriverais à lui faire voir
                    que nous deux c'était fini. »

(Je parlais à Annie,
je rigolais avec Dan,
mais Imogen tenait à annoncer
à tout le monde
les dernières nouvelles,
elle agitait son doigt à la ronde,
elle exhibait sa putain de bague,
preuve indéniable
de cette réalité :

Joe et Immie pour l'éternité

mais c'était un mensonge.

« Non, Imogen, écoute,
c'est pas ce que je voulais dire. »
Ses bras étaient autour de moi,
m'étranglaient presque.

« Mais quoi ? »
elle a murmuré,
ses dents contre ma joue,
« Tu te fous de ma gueule, Joe ?
T'as une dette envers moi, tu crois
pas ? »)

« Oui, ben, donc on est allés
à la soirée chez Dan,
et ça a explosé,
grosse crise, on était furieux,
elle m'a mordu le visage,
j'étais là à
saigner
en face de mes potes,
je me sentais con,
j'avais l'air débile,
et je savais pas quoi faire,
ça pouvait plus durer,
toutes ces scènes, toutes ces peines,

je savais pas comment arrêter ça,

je savais pas ce que je pouvais dire d'autre.

(Elle s'agrippait à
moi
les mains
autour de ma gorge
j'étouffais
elle appuyait,
tordait
quelque chose très fort,
quelque chose qui s'est
brisé –

le collier
qu'elle m'avait offert,

que je portais toujours,
voilà qu'il était

sur la moquette,
en miettes.)

Elle a pris mes clefs
et elle est partie en courant,
mais je l'ai suivie,
je me suis précipité dans la rue.

J'ai sauté dans la voiture,
je lui ai dit d'arrêter.
"S'il te plait. Gare-toi,
ralentis", j'ai imploré ».

(Pied au plancher,
à pleine vitesse,
et moi plaqué
contre le dossier,
elle a grillé un feu,
je me suis mis à hurler.)

(« Imogen, je t'en supplie,
tu vas trop vite,
Immie, arrête,
arrête, enfin,
t'es bourrée. »

Sortie de la ville,
campagne noire,

d'une noirceur si épaisse
qu'elle nous a avalés,
pas de lampadaires,
pas de lune,
pas un éclat,
pas un éclair,
pour allumer la route,
pour aider à conduire...)

Je me tiens à la barre
tremblant de la tête aux pieds,
jambe agitée de spasmes, bouche sèche,
de la sueur sur la lèvre
et sur les sourcils.

« Joe, tout va bien ?
Vous pouvez continuer ? »

(« Joe, je te hais »,
elle hurlait.)

« Oui, donc il
pleuvait, il faisait noir, et
les essuie-glaces ne marchaient pas,
Imogen voyait pas
où elle allait,
tout s'est passé si vite ».

(Elle ne regardait pas la route
c'est moi qu'elle regardait,
qu'elle mitraillait de mots méchants,

« Je m'en tape qu'on crève »,
et là encore une fois

j'ai eu
ce coup
au
cœur
bordel
qu'est-ce que
j'ai fait.)

Ce soir-là je l'avais vue descendre
une vodka
après l'autre,
j'aurais pu l'arrêter.

Elle s'était pris des shots
de tequila
tête en arrière,
cul sec,
visage salé collant
et puis des schnaps ou des whiskys,
qui sait exactement
ce qu'elle avait avalé,
même quand j'ai dit,
Allez,
ça suffit –
Non.

J'ai abandonné.
Pas de crise.
Je voulais pas qu'on se dispute encore.
J'aurais dû faire plus d'efforts
Pour dire ce que je ressentais,
Cette nuit-là j'ai été nul,
Je sais que c'était ma faute. »

« Reprenez où vous en étiez.
Juste avant l'accident, Joe.
L'autre voiture ? »

« Oui, c'est moi qui l'ai vue d'abord,
je crois, on allait tellement vite,
j'ai agrippé le volant,
il faisait si sombre,
on a viré,
        mais on l'a heurtée,
                j'ai pas fait assez vite,
j'ai essayé de nous mettre à l'abri,
la voiture a quitté la route. »

EST-CE QUE VOUS ME CROYEZ ?

Les jurés me fixent du regard.

J'essaie de faire briller la vérité pour eux,
qu'elle flamboie, même, j'essaie
de leur ouvrir les yeux
pour faire perdre de son éclat
à l'histoire d'Imogen.
Je me déshabille devant eux,
je leur montre ma peur,
je leur montre pourquoi j'étais si terrifié,
pourquoi j'ai menti au début,
et pourquoi je suis là aujourd'hui :
pour faire éclater la vérité.

REVIREMENT

« Pourriez-vous s'il vous plait expliquer au jury
Et au juge, Joe,
Pourquoi vous avez changé votre plaidoyer
Alors que vous aviez dit
À la police que c'était vous
Qui conduisiez la voiture,
Que c'était vous
Qui aviez pris la vie d'une autre personne ? »

Mon avocate a prévu cette question :
c'est la dernière chance que j'aurai d'expliquer,
faites que j'y arrive clairement,
faites que ça ait du sens.

DU SENS

« Je ne me rappelle pas l'avoir dit
comme l'agent l'a raconté.

Je revois juste Imogen me demander
de dire que c'était ma faute.

De la couvrir
quand la police exigerait des explications.

Et puis quand ils nous ont   posé la question,
elle a menti, elle a dit que c'était   moi,
moi eh bien je voulais pas   de complications,

pas de crise,   pas là,
directement   après
l'accident,   parce que,
cette pauvre   femme »,
j'inspire profondément,
« Stephanie,   était morte.
Et moi je voulais protéger   Imogen,
je savais qu'elle avait   peur,
j'avais honte de la   dispute
qu'on avait eue, de ce qu'on était   devenus,
et je me suis dit qu'on allait   arranger ça,
je sais pas comment,   entre nous,
je me suis dit qu'on règlerait   tout,
j'ai pas cru qu'elle   parlait sérieusement,
je pensais pas me retrouver accusé   vraiment. »

CONTRE-INTERROGATOIRE

Il me rit quasiment au nez,
l'avocat qui s'avance
dans sa longue robe noire
avec ses longues mains blanches
comme s'il pouvait m'annihiler
d'un coup de baguette magique.

Je l'appellerais Rogue si on pouvait blaguer,
et moi, putain, ben je serais Harry Potter,
avec une cicatrice ou deux,
qui essaie de faire éclater la vérité
comme une lumière dans la nuit.

« Monsieur Goodenough », commence-t-il,
et on sent que mon nom le fait ricaner,
pas ma faute si ça veut dire *assez bien*,
je l'ai pas choisi, mon nom, mais c'est le mien.
« Voyons voir si nous pouvons mettre fin
À ce petit jeu qui devient lassant.
Voyons si nous pouvons découvrir
Ce qui s'est réellement passé,
Voyons voir si vous êtes prêt à avouer
Que vous conduisiez trop vite,
Que vous avez tué une femme
Qui avait travaillé toute la nuit.
Une infirmière.
Une maman.
Qui consacrait son temps
À sauver la vie d'autres personnes.

Mesdames et messieurs les jurés,
Si vous voulez bien consulter
La photographie
Page 99
Dans votre dossier,
La photographie dont ce jeune homme estime
Qu'elle va lui faire éviter
La prison.

Veuillez s'il vous plait vous demander
Quelle est la probabilité
Pour que ces bleus sur sa poitrine
Soient, comme il le raconte,
La marque d'un choc
Reçu cette nuit-là
Qui prouverait qu'il était
Sur le siège passager.

Comment être certain que cette image est vraie ?
Comment être certain qu'un peu plus tard ce jour-là
Il n'est pas allé s'infliger lui-même
Cette blessure,
Tentative désespérée d'échapper
Aux conséquences de son acte ?

Pourquoi ne pas l'avoir mentionnée
Aux médecins ou à la police
Qui étaient présents sur la scène,
Ou même à l'avocate
Qui le représentait,
Qui était à ses côtés
Au poste de police dès son arrestation ?
Je vais vous dire pourquoi.

Parce que c'est un mensonge.

Ce qu'il faut prendre en compte
C'est ce que Joseph Goodenough a déjà dit :
Qu'il est coupable d'avoir conduit
Dangereusement.
Il nous a déjà expliqué
Combien il est désolé,
Et encore heureux,
Étant donné ce qu'il a fait.

Joseph Goodenough est coupable,
Je suis sûr que vous êtes d'accord.
Veuillez vous assurer
De ne pas le laisser s'en tirer. »

J'ouvre la bouche pour protester,
pour lui dire d'arrêter

de tordre la vérité,
d'inventer des choses.

J'ai déjà connu ça,
j'ai été cet abruti, silencieux, triste,
qui ravale ses arguments,
qui fait tourner des répliques dans sa tête,
mais là, je ne vais pas laisser passer.
Je vais le faire taire.
Alors je l'interromps,
je crie plus fort que ce mec
à l'ego tellement boursouflé
qu'on pourrait l'éclater d'un coup d'épingle.

« Dites-lui d'arrêter,
        sérieux, c'est des conneries tout ça,
                c'est pas j-juste,
je suis pas coupable.
        C'était pas moi au volant.
                C'était Imogen.
                        Je le jure. »

QUEL GENRE D'HOMME ÊTES-VOUS ?

L'avocat se moque de moi devant tout le monde.

« Vous demandez à ce jury de croire
Qu'un grand garçon comme vous
N'a pas pu se défendre
Contre une fille
De rien du tout,

Vous affirmez qu'elle vous a forcé
À mentir,
Que vous n'avez pas pu vous exprimer ?

Allons, allons, monsieur Goodenough,
Vous pensez que les membres du jury sont naïfs ? »

RAPPORTEUR

Rapporteur
de Paris
mets ta couche
et va au lit,
peu importe la vérité : on ne dénonce jamais.

Moi j'ai brisé ce code
de bonne conduite :
on ne vend pas ses amis,
on ne les jette pas aux fauves.

Mais on n'est plus dans la cour de récré.

Il y a tant de vies sur la balance,
et la mort de Stephanie
ce n'est pas une blague.

Sur la balance, les âmes,
d'un côté Stephanie, moi, et Maman et Papa,

de l'autre côté
la fille
que j'aimais
autrefois.

CASSÉ

Mon père m'a toujours dit
il faut prendre ses responsabilités.

Mais avec Imogen
c'est comme essayer
d'attraper le vent
dans un filet.

Comme tenter d'empêcher
une étoile
d'exploser.

Comme chercher à retourner le temps,
à réparer une pendule
déjà cassée.

ERREURS

Un jour on avait décidé
De tenir tête au monde, tous les deux.

On l'avait écrit au dos de son journal,
Nos deux prénoms dans un seul cœur.

À l'époque elle écrivait au stylo à paillettes
Et son *Joe* était si joli, je l'aimais bien,
Avec le O en forme de cœur.

Elle l'a mis où, ce cahier-là,
Est-ce qu'elle l'a juste jeté à la poubelle ?

Parce que c'est une preuve, il me semble,
que ça a existé, nous deux,
que ça existe,
qu'on ne voulait pas faire une erreur pareille.

IL FAUT ME CROIRE

« Oui », je réponds au procureur,
« Oui, c'est la vérité.
Imogen me forçait au silence, au mensonge,
parce qu'elle me faisait peur ».

Même maintenant ma voix tremble,
aussi mince qu'une voix de gamin,
mais c'est toujours dur à admettre,
ses échecs.

Si dur de dire qu'un garçon ça peut se faire battre,
même un grand, même un fort,
qu'un garçon ça peut avoir peur,
même quand ça a l'air coriace.

Parce que Imogen soulevait ma coquille
et sondait l'intérieur, profondément,
la chair pas protégée, elle mordait dedans
avec ses petites dents pointues,
elle volait des morceaux de mes certitudes,
arrachait des poignées d'espoir,

elle me grignotait toute ma confiance en moi,
et s'en fichait
que ça fasse mal.

RÉSUMÉ

Mon avocate se lance,
stricte, sévère,
scrute les jurés d'un regard terrifiant.

« La personne que nous avons là est un jeune homme très bien
Qui n'aurait jamais dû prendre part à cette mascarade.

Je vous prie de ne pas vous laisser embobiner
Par ceux qui affirment qu'il était le conducteur.

Joe Goodenough est honnête et sincère,
Il n'a pas mérité d'être jugé coupable.

Alors pouvez-vous en toute bonne conscience
Croire qu'il a fait ce que l'accusation affirme ?
Les preuves sont parfaitement claires.
Il vous suffit de regarder cette photographie
Pour dissiper vos doutes.
Il n'y a qu'une seule réponse
À la question que l'on vous pose.
Joe ne peut pas être coupable.
Merci de prendre la bonne décision. »

ATTENTE

Le jury se retire.
Combien de temps cela leur prendra-t-il
pour décider de toute ma vie ?

J'ai tenté de reprendre mes droits
sur mes choix,
sur mon destin, sur mon avenir.

J'ai dû me planter là,
devant tout le monde, et avouer
ce que j'avais fait.

Avouer que j'ai eu peur, que j'ai mal agi parfois,
avouer que j'ai l'air d'être fort, mais que c'est faux.

Je me demande ce qu'ils se disent,
quels mots ils utilisent
pour essayer de décrire
qui je suis, et ce que j'ai fait.

Et ils n'ont qu'une seule possibilité :
Coupable,
Ou non coupable.

LE TEMPS QUI PASSE

Aucun signe du jury. Je vais retrouver Maman,
il faut qu'elle me rassure,
j'ai besoin de son calme, de son amour.

« Oh, Joey », elle me dit,
« Je suis fière de toi, mon fils,
tu as très bien parlé,
mon garçon, mon amour. »

On attend combien de temps ?
Je regarde une mouche escalader une vitre,
à la recherche d'une fêlure,
à la recherche d'une issue.

Maman parle à Papa au téléphone,
elle murmure, elle lui dit
ça s'est bien passé,
elle pense que je vais rentrer.

Je voudrais lui dire de ne pas lui donner de faux espoirs.

Il est trop étroit ce costard,
je fais craquer mes mains, je roule des épaules
comme si j'avais grandi
d'un coup, pendant la nuit.

« Ça va durer longtemps, Maman ? » je chuchote
quand elle raccroche.
Elle hausse les épaules, croise les doigts,
« Non, j'espère pas ».

Mais ça fait des siècles.
Qu'est-ce qui leur prend si longtemps ? Dix minutes,
une heure ont passé,
le temps me taquine tic tac tic tac
« Ils se foutent de moi ou quoi ? »

« Joe, calme-toi », dit Maman,
mais je fais les cent pas.
« On peut pas rentrer chez nous ?
C'est une blague. »

Puis revoilà le conseiller juridique,
et l'avocate aussi,
et leurs visages ont l'air de dire
que les nouvelles sont mauvaises.

VERDICT

« Ils sont prêts, Joe. »
Je serre Maman très fort dans mes bras,
au cas où ce serait la dernière fois.

Je m'attends au pire –
je dois affronter leur décision
tout seul.

On se lève pour le juge,
et puis c'est à lui de parler.
J'essaie de ne pas flancher,
de ne pas sursauter
quand il commence.

« Mesdames et messieurs les jurés,
Êtes-vous parvenus à un verdict ? »
« Oui. »
« Accusé, veuillez vous lever. »

Et le temps s'arrête à nouveau.

Comme il s'était arrêté cette nuit-là.

Et je vois son visage –
les yeux horrifiés de Stephanie rencontrent les miens.
Je me demande à quoi elle a pensé,
si elle a pensé à ceux qu'elle aimait
ou si elle est restée seule avec sa terreur
à cet instant-là
juste avant de mourir.

J'observe le jury
et je me demande ce qu'ils voient,
s'ils voient sa vie perdue
qui se reflète en moi.

J'attends les mots
qui vont m'apprendre
ce que je suis.

Et je ne suis pas sûr de croire
ce que j'entends alors –

« Non coupable »,

dit le président du jury,
la cour est parcourue de bruissements, de chuchotements,

mais moi je sais que c'est vrai,
que ça le sera toujours,
et je tombe à genoux,
je n'entends plus rien d'autre,
et je n'ai plus de voix, et mes yeux sont voilés.

J'ai le droit de sortir d'ici,
de ce tribunal,
et de retrouver,
apparemment, ma liberté.

PERDU

Je croyais que Maman serait là à m'attendre,
mais je tombe sur Annie –
et mon sourire s'écrase au sol
quand elle m'attrape pour me dire :
« Oh, Joe, je suis désolée – ta mère a dû repartir,
l'état de ton père s'est aggravé, elle a dû rentrer à la maison. »

Je quitte le tribunal à toute vitesse, je cherche un bus,
Annie me crie d'attendre,
mais pas le temps,
je cours, c'est tout.

J'ai jamais eu autant besoin d'ailes,
j'ai jamais autant détesté mon corps si lent,
où est-il, mon envol, ma force, où est-elle,
quand on a tant besoin de moi à cet instant ?

ABSENCE

Les poumons en feu
je me précipite dans la maison.

Mais tout est silencieux.

Pièces vides,
le petit creux dans son fauteuil,
ses lunettes réparées au Scotch
trainent par terre.

Papa, il reste un peu de toi dans les espaces
que je remplis de ton nom, en hurlant,
« Papa, tu es où ? Papa, tu m'entends ? »

« J'arrive », je crie dans mon téléphone
et j'écoute pas Maman
me balbutier *arrête*
et aussi *dépêche-toi*.

Nous n'avons plus beaucoup de temps.

COURSE

Le soleil de l'après-midi
est une insulte,
son flamboiement
me fait suer dans mon costume.
Je négocie les bouchons

en respirant les gaz d'échappement
à la recherche du chemin le plus rapide.

Quand
j'arrête,
stoppé
par une sirène,
j'adresse un hurlement
au ciel bleu, si haut,
un aboiement du fond du ventre, qui déchire mes boyaux,
je lance ma douleur aux dieux
qui s'en foutent, qui rigolent,
et ce cri s'écrase à nouveau.

Je me dépêche, j'y suis presque,
mais plus lent que jamais,
il faut que j'y arrive,
que je défonce toutes les portes,

Papa m'attend,
je le sais
et quand j'arriverai
je lui prendrai la main
je l'aiderai à survivre.

Je lui dirai qu'il doit s'accrocher,
qu'il mérite de vieillir,
que je vais l'aider,
le porter,
le soulever
haut sur mes épaules,
lui faire traverser la nuit
pour le mener à la lumière.
Je le protégerai.
Je me battrai pour lui.

COUP DE SIFFLET FINAL

Je finis par le trouver, je sais pas trop comment.
Enfin,
je trouve Maman.

Et ses larmes me disent tout ce qu'il y a à savoir.

Il est parti.

ADIEU

Je croyais
qu'il s'en tirerait.
Absurde certitude.

J'ai choisi de ne pas voir.
C'était plus facile comme ça.

Papa est allongé, plus un frémissement,
plus jamais
il ne devra se battre pour respirer,
les machines ne font plus de bruit,
ses mains sont jointes, une dernière prière.

Je m'assieds
et je pose la tête sur son épaule,
je lui demande pardon
d'être arrivé trop tard.

ÉLOGE

Personne ne sait que Papa est parti,
personne à part notre petit coin de monde,
juste moi, Maman,
quelques amis, Mamie,
des oncles, des cousins,
des tantes, des potes, de vieux camarades,
des voisins.
L'église enfle de tout ce monde, et puis le pub, ensuite,
résonne
d'histoires et de chansons
qui parlent d'un homme
si fort
que sa mémoire vit encore,
en moi,
son fils.

Un colosse, dit quelqu'un,
un colosse au grand cœur. Le grand Jim.
Et moi j'ai toujours été le petit Joey,
jusqu'à ce que je grandisse.

Je lève mon verre pour honorer mon père,
et j'ai l'impression de sentir son poids sur mon épaule,
le fantôme d'une main sur mon dos.

CHAGRIN

Quelque part en moi
là où ça espère
là où il y a encore un cœur d'enfant

J'ai l'impression qu'il sera
toujours
là
au
détour
d'un chemin.

HONTE

J'ai honte
de tant de choses
mais surtout
de n'avoir rien compris
quand Imogen disait,
« Joe, je suis triste ».
J'aurais dû agir,
l'aider, j'aurais dû –
mais à la place j'ai tout laissé
pourrir, pour elle comme pour moi.

Je ne comprenais pas.
Je croyais juste qu'elle prenait plaisir
à toujours tout gâcher.

J'essayais de la faire sourire
alors qu'elle avait besoin de pleurer.

Et quand elle me faisait du mal
je ne voyais pas
que c'était elle qui se faisait du mal.

C'est toujours difficile
de faire sens de tout cela.
J'ai donné trop de moi
à quelqu'un d'autre.

VISITE

Il reste trop
à dire,
mais Imogen est partie, condamnée,
enfermée ailleurs,
dans une prison loin d'ici,
en détention provisoire.

Je lui écris et lui demande
si je peux venir la voir,
et j'attends le facteur,
j'attends une réponse.

D'abord elle dit non,
et puis
soudain
oui.

Je prends un train, un bus,
je fixe mes pieds,
j'attends –
Imogen vient d'entrer.
Elle porte des vêtements à elle.
C'est marrant, je pensais qu'elle serait
en uniforme de prisonnier.
Je pensais qu'elle aurait l'air changée,
mais pas tellement.

« Alors pourquoi t'es là ? » elle me demande
en s'affalant dans le siège.
« Qu'est-ce que tu veux ? Pourquoi tu voulais me voir ? »
Elle croise les bras
et son regard est dur.

Je contemple le plafond,
et puis le sol,
et puis, quand elle me touche,
je me crispe.

Sans faire exprès, sans le vouloir.

Elle rougit d'un coup,
met ses mains sur ses joues,
et puis recule sa chaise
comme pour s'en aller.

« Je suis désolé », je lui dis en tendant la main,
« ne pars pas ».

Elle secoue la tête, s'éloigne,
puis s'arrête à la porte,

se retourne lentement
pour me faire face à nouveau.

Je reste là
une seconde, à la fixer,
yeux dans les yeux.
Il y a tant de choses que j'ai besoin de lui raconter,
je voudrais lui dire
que je l'ai aimée,
mais qu'est-ce que ça changerait ?

Je voudrais lui dire
C'était bien, entre nous, Im,
Hein ? Toi et moi,
Ça n'a pas été que de la merde.

Je voudrais lui dire,
Je suis désolé que ça se soit terminé comme ça.

Son demi-sourire
semble indiquer qu'elle sait déjà.
« C'est bon, Joe – laisse tomber.
Ça ira. »

Et puis elle exhibe sa main nue
et s'en va.

AMOUR

Si l'amour c'est la chose la plus importante au monde
alors je ne sais pas ce qu'il me reste.

Quand j'étais enfermé
comme un oiseau en cage,
Imogen m'a toisé, et puis s'est envolée.

Elle s'est enfuie à tire-d'ailes,
la clef entre les dents,
une chanson sur les lèvres qui était un mensonge.

La confiance s'est brisée comme une brindille,
et elle m'aurait laissé pourrir,
ma vie tordue,
mon avenir perdu.

Mais ses ailes se sont cassées,
elle n'a jamais volé très loin,
et maintenant que je m'éloigne,
il me reste quand même un petit bout de cœur.

LIBERTÉ

Ils attendent
dans la voiture d'Annie.
Mes amis, qui enfoncent le Klaxon,
qui m'entrainent dans leurs aventures.
Les vacances d'été s'étalent devant nous
et nos poches sont pleines de projets,
de possibilités.
C'est Annie qui conduit aujourd'hui,
et on s'échappe loin d'ici,
mais j'ai bien l'intention de revenir
dans cet endroit que j'appelle *chez moi*,

j'ai bien dit à Maman que je resterais près d'elle.

Il y a tellement
d'heures
de jours
de minutes
à remplir,
tant à gouter
tant à sentir
et qui sait, quelque chose
de beau m'attend peut-être quelque part.

J'entrevois
des montagnes
à escalader,
ces cartes qu'on a dessinées, toutes ces mers
où partir voguer.

Vers la terre, toujours,
parce que je sais que mes ailes
ont brulé.
Il reste des cendres
sur ma peau
dans mes yeux
mais après quelque temps, mes larmes me laveront.

Je le dois à Papa,
À moi-même,
À Maman.
D'avancer doucement, en faisant attention,
Avec la vérité. Vers l'avant.

FIN

Remerciements

Ce roman a reçu le soutien de tant de générosités et de talents que j'ai beaucoup de gens à remercier. Tout d'abord, énorme merci à ma merveilleuse agente Hilary Delamere et aussi à la merveilleuse Jessica Hare, à l'agence The Agency : vous faites une équipe exceptionnelle.

J'ai une chance folle d'être publiée par Guppy Book. Méga merci à la formidable Bella Pearson pour sa magie éditoriale, et de faire aussi un million d'autres choses. Quel privilège de travailler avec toi, et je te suis infiniment reconnaissante pour tes efforts acharnés.

Plein d'amour et de mercis aux fabuleuses Catherine Alport et Carolyn McGlone ; à Amy Dobson, Hannah Featherstone et l'équipe de Michael O'Mara. Merci tout spécialement à Ness Woods qui a passé des heures sur cette superbe couverture [de la version britannique, NDLT]. Énorme merci à Colyn pour sa sorcellerie typographique et sa patience !

Merci à tous mes amis auteurs et autrices qui ont lu différentes versions et soutenu le projet sans faillir : Alexia Casale, Lucy Cuthew, Oliver Kent, et l'équipe SCBWI de la région Nord-Ouest. Mes chères amies Diana et Juliette, qui m'encouragent toujours : merci. Merci à la géniale Eve Reid pour ses lectures et son approbation.

Un GIGANTESQUE merci à Jenny Downham, Brian Conaghan et Teri Terry pour vos adorables retours sur ce texte. Merci d'avoir offert de votre temps, si précieux, pour le lire et pour le commenter.

Aux bloggeurs, chroniqueurs, libraires, bibliothécaires, profs, lecteurs, lectrices et auteurs et autrices dans la vraie vie et sur Twitter, merci. J'ai de la chance de faire partie d'une communauté YA aussi fantastique.

Merci à mes amis et à mes collègues et à toutes les filles à qui j'enseigne : Team Loreto pour l'éternité ! J'ai volé quelques-uns de vos mots (pas les gros, évidemment) – n'est-ce pas 11 RD. Merci pour l'inspiration. Et un merci tout particulier aux Grumpy Cats☺

Le plus grand des mercis à mes sœurs Margaret et Emily pour toute votre aide. Vous avez été d'une générosité exceptionnelle en termes de temps, d'idées, de mots et de conseils. Merci aussi à ma mère, Gill, qui réussit encore à me supporter, et à Christopher, Felicity et toute la famille qui sont de grands fans. Plein d'amour et de mercis aussi à Oliver, Guy et toute la famille Reid.

Enfin, le plus grand et le meilleur des mercis à l'équipe la plus importante : Alistair, Eve et Scarlett. Vous êtes les meilleurs. Je vous aime tellement fort.

Cet ouvrage a été mis en pages
par Nord Compo à Villeneuve-d'Ascq

Imprimé en Italie par Grafica Veneta
en septembre 2024
pour le compte des Éditions Bayard